I CLASSICI
Ritrovati

Collana diretta da Enrico De Luca

ARTHUR CONAN DOYLE

A cura di Andrea Oscar Ledonne

IL PARASSITA di Arthur Conan Doyle
Titolo originale: *The Parasite*
Traduzione integrale dall'inglese, introduzione e note di
Andrea Oscar Ledonne

Copyright © 2020 **Caravaggio Editore**
Vasto (CH), Italy
www.caravaggioeditore.it
informazioni@caravaggioeditore.it

Collana Editoriale *I Classici Ritrovati* (Volume 8)

Prima Edizione Maggio 2020

ISBN 978-88-31456-06-7

INTRODUZIONE

Esiste riguardo a Sir Arthur Conan Doyle una dicotomia molto peculiare.[1] Da un lato, c'è la produzione per la quale l'autore è universalmente conosciuto, ossia la copiosa messe di racconti che hanno per protagonista Sherlock Holmes, uno dei personaggi letterari più famosi al mondo. Dall'altro, c'è tutta una serie di storie, racconti, saggi e romanzi facenti capo a generi e

[1] Arthur Ignatius Conan Doyle (Edimburgo, 22 maggio 1859 – Crowborough, 7 luglio 1930) è stato uno scrittore e drammaturgo britannico, considerato, insieme a Edgar Allan Poe, il fondatore dei due generi letterari del giallo e del fantastico. In particolare è il capostipite del sottogenere conosciuto come «giallo deduttivo», reso celebre dal personaggio di Sherlock Holmes. La sua produzione, tuttavia, spazia dal romanzo d'avventura alla fantascienza, dal soprannaturale ai temi storici. Per notizie biobibliografiche sull'autore si vedano: R. Pearsall, *Conan Doyle: A Biographical Solution*, Worthing, Littlehampton Book Services Ltd, 1977; M. Booth, *The Doctor and the Detective: A Biography of Sir Arthur Conan Doyle*, New York, Minotaur Books, 2000; J. Carr, *The Life of Sir Arthur Conan Doyle*, New York, Avalon Publishing Group, 2003; A. Lycett, *Conan Doyle: The Man Who Created Sherlock Holmes*, Londra, Orion Publishing Co, 2009.

tematiche differenti: avventura, fantascienza, esoterismo e paranormale.[2] Tali opere – per quanto in parte conosciute – risultano senz'altro oscurate, nell'immaginario legato a Doyle, dal gigante rappresentato dal grande detective e dalle sue indagini.

Questa dicotomia si ripropone, curiosamente, nella vita e nella personalità stesse dell'autore. Se da una parte, infatti, Doyle ha saputo interpretare con la sua stessa vita una grande devozione al metodo "scientifico" di indagine di cui Sherlock Holmes è l'emblema, dall'altra egli pare interessarsi a questioni come l'esistenza delle fate, lo spiritismo e l'esoterismo, classificabili quantomeno come poco ortodosse rispetto alla scienza propriamente detta.

Tale dicotomia, peraltro, può trovare una chiave di lettura in una costante della vita dell'autore: la dedizione e l'entusiasmo per ciò che decideva di perseguire. Una cifra fondamentale nell'esistenza di Doyle sembra infatti potersi individuare nella passione con cui si lanciava in tutte le proprie battaglie ideali, fossero queste la dimostrazione dell'innocenza di un uomo ingiustamente accusato di omicidio o la prova dell'esistenza di esseri fatati.[3]

[2] Si segnalano, almeno, il romanzo *The Lost World*, comparso per la prima volta sulla rivista «Sunday Magazine» (1912), e il saggio *The History of Spiritualism*, apparso su «The Sunday Times» (1926).

[3] Sulla vicenda del processo a Oscar Slater e sul caso delle fate di Cottingley, vd. le biografie citate nella nota 1.

È proprio lo slancio della passione in Doyle a portarlo a indagare (tra le altre cose) i vaghi confini dell'inconscio, dell'esoterismo, dello spiritismo e della divinazione.

Di questo slancio, la storia raccontata nel *Parassita* è emblematica. In questo racconto in forma di diario si narrano le vicende di un uomo che, pur essendo totalmente devoto al metodo scientifico e alla razionalità (anzi, proprio a causa di ciò), si lascia trascinare in un mondo misterioso e oscuro, quello del mesmerismo e della suggestione ipnotica, a cui è introdotto dall'enigmatica Miss Penclosa. Accorgendosi troppo tardi della vastità e dell'entità del pericolo che sta correndo, il protagonista dovrà affrontare le gravi conseguenze della sua curiosità.

Il romanzo breve *Il Parassita* (*The Parasite*) apparve per la prima volta sulla rivista «Harper's Weekly», tra il 10 novembre e l'1 dicembre 1894; la prima versione in volume è stata pubblicata a Londra (Constable 1894), seguita dall'edizione Harper & Brothers (1895) più volte ristampata negli anni a seguire.[4]

---

[4] La prima traduzione italiana anonima risale al 1901 e apparve con il titolo di *Quell'Altro* nei numeri di gennaio-marzo della «Lettura». Si segnalano poi le edizioni: A.C. Doyle, *Il Parassita*, in *Il capitano della Stella Polare*, trad. di G. Pilo e D. Galdo, Roma, Fanucci Editore, 1987; Id., *Il Parassita*, in *La voce del vento*, trad. di E. Svaluto, Cornaredo, Armenia Editore, 1990; Id., *Il Parassita*, in *Tutti i racconti fantastici e dell'orrore*,

Per la presente traduzione ci si è avvalsi dell'edizione Harper & Brothers che presenta, oltre a minime varianti, una differenza rispetto alla versione apparsa l'anno prima, riguardante la divisione della storia in quattro parti che differiscono leggermente da quelle della rivista.

Quanto alla datazione del diario, si è riscontrato un errore nell'edizione del 1895 (la data del 10 aprile è ripetuta due volte) che è stato corretto seguendo la datazione della prima edizione in rivista.

Alla fine del testo sono state inserite le quattro illustrazioni di Howard Pyle realizzate per la prima edizione in rivista e poi riproposte nelle edizioni in volume a partire dal 1895.

Andrea Oscar Ledonne

Ringrazio Enrico De Luca per avermi affidato questa curatela e per avermi "guidato" nella sua realizzazione; ringrazio inoltre Nadia D'Agostino, Miriam Chiaromonte e Luca Maletta per l'attenta lettura delle bozze.

trad. non indicato, Roma, Newton Compton, 1994 e sgg. [poi in *Racconti fantastici e dell'orrore*, Milano, Fabbri, 2002]; Id., *Il Parassita*, in *Il parassita e altri racconti*, trad. di M. Torre, Palermo, Sellerio, 2001.

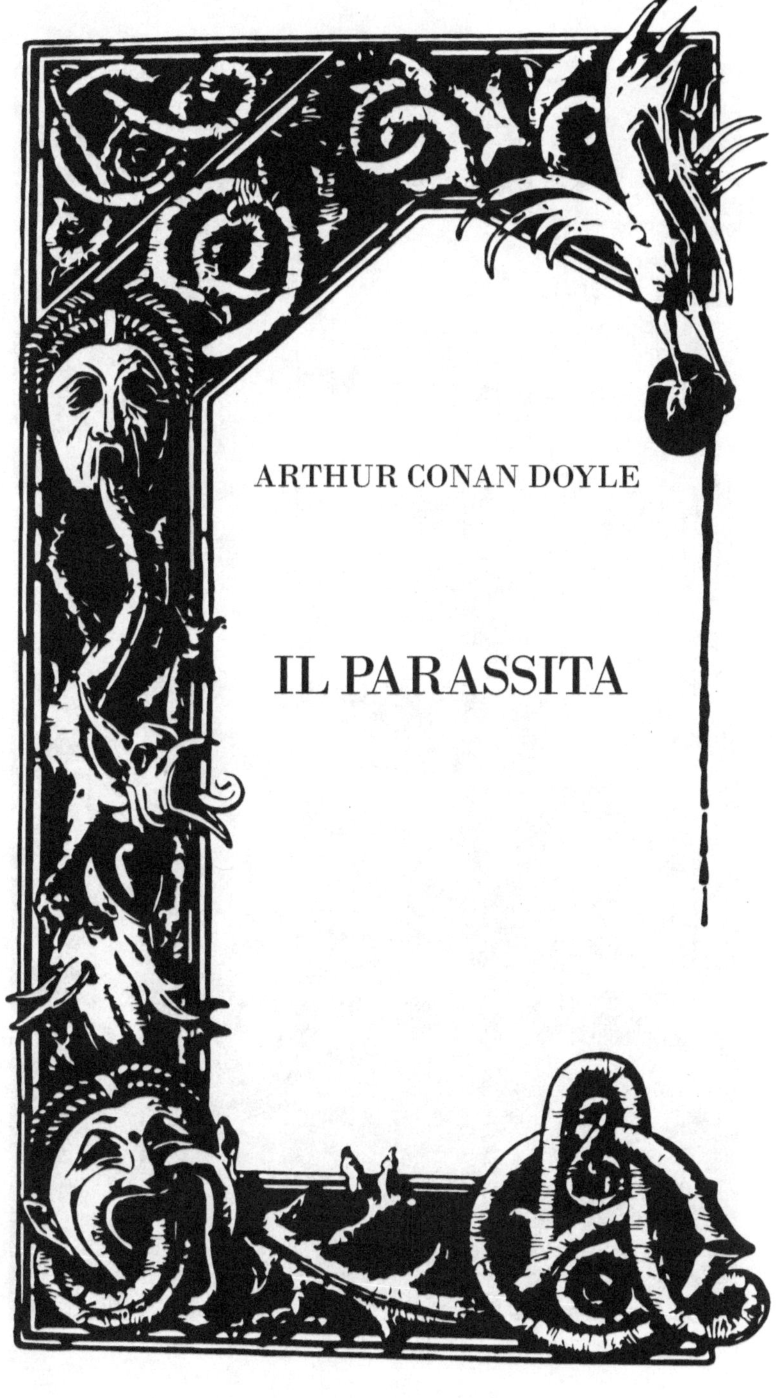

ARTHUR CONAN DOYLE

IL PARASSITA

I

24 MARZO

Ora la primavera è completamente con noi. Fuori dalla finestra del mio laboratorio il grande castagno è tutto coperto di grossi boccioli, appiccicosi e gommosi, alcuni dei quali hanno già iniziato a schiudersi in piccoli volani verdi.[1] Mentre si passeggia lungo i viottoli si è consci delle ricche e silenti forze della natura che lavorano tutto attorno a noi. La terra bagnata profuma fruttifera e sensuale. Dovunque stanno sbucando verdi germogli. I ramoscelli sono tesi per la linfa; e l'umida, pesante aria inglese è carica di un profumo lievemente resinoso. Boccioli nelle siepi, agnelli sotto di esse… ovunque avanza il lavoro della riproduzione!

Posso vederlo fuori, e posso sentirlo dentro. Anche noi abbiamo la nostra primavera quando le picco-

---

[1] *Shuttlecocks* nel testo inglese; il volano è lo strumento usato nel gioco del badminton.

le arteriole si dilatano, la linfa scorre in un flusso più vivace, le ghiandole lavorano più duramente, vagliando e filtrando. Ogni anno la natura risistema l'intera macchina. Riesco a sentire il fermento nel mio sangue in questo preciso istante, e mentre la leggera luce del sole filtra attraverso la mia finestra potrei danzare in essa come un moscerino. Lo farei, solo che Charles Sadler verrebbe di corsa di sopra per sapere cosa succede. Inoltre, devo ricordarmi che io sono il professor Gilroy. Un vecchio professore può permettersi di essere spontaneo, ma quando la fortuna ha dato una delle prime cattedre dell'università a un uomo di trentaquattro anni, egli deve provare a recitare la parte in modo coerente.

Che tipo, Wilson! Se solo potessi mettere nella fisiologia lo stesso entusiasmo che lui mette nella psicologia,[2] diventerei almeno un Claude Bernard.[3] Tut-

[2] La fisiologia è la branca della biologia che studia il funzionamento degli organismi viventi, mentre la psicologia è la scienza che studia gli stati della mente e i suoi processi emotivi, cognitivi, sociali e comportamentali.

[3] Claude Bernard (1813–1878), fisiologo francese, considerato il fondatore della medicina sperimentale.

ta la sua vita e l'anima e l'energia lavorano per un solo fine. Si addormenta fascicolando i risultati del giorno trascorso, e si sveglia pianificando le ricerche per quello a venire. Eppure, al di fuori della ristretta cerchia che segue la sua carriera, ottiene così poco credito per essa. La fisiologia è una scienza riconosciuta. Se aggiungo anche un solo mattone all'edificio, chiunque lo vede e ne plaude. Ma Wilson sta cercando di scavare le fondamenta per una scienza del futuro. Il suo lavoro è sotterraneo e non si mostra. Ciò nonostante egli va avanti senza lamentarsi, mantenendosi in corrispondenza con cento pazzoidi nella speranza di scoprire un solo testimone attendibile, passando al setaccio cento bugie nella remota possibilità di ottenere una sola minuscola briciola di verità, raccogliendo vecchi libri, divorandone di nuovi, facendo esperimenti, tenendo conferenze, cercando di accendere in altri l'interesse ardente che lo sta consumando. Quando penso a lui sono pieno di meraviglia e ammirazione, eppure, quando mi chiede di associarmi alle sue ricerche, sono costretto a dirgli che, al loro stato attuale, esse offrono poca attrattiva per un uomo che è devoto a una scienza esatta. Se potesse mostrarmi qualcosa di certo e oggettivo, potrei allora essere tentato di affrontare la questione dal lato fisiologico. Finché la metà dei suoi argomenti è contaminata dalla *ciarlataneria* e l'altra metà dall'isteria, noi fisiologi dobbiamo accontentarci del corpo e lasciare la mente ai nostri discendenti.

Nessun dubbio che io sia un materialista. Agatha dice che ne sono uno di rango. Io le dico che è un'eccellente ragione per abbreviare il nostro fidanzamento, dal momento che mi trovo in un tale urgente bisogno della sua spiritualità. Eppure potrei dichiarare di essere un curioso esempio dell'effetto dell'educazione sul temperamento, perché per natura sono, se non m'inganno, un uomo altamente psichico. Ero un ragazzo nervoso e sensibile, un sognatore, un sonnambulo, pieno di impressioni e intuizioni. I miei capelli neri, i miei occhi scuri, il mio viso magro e olivastro, le mie dita affusolate, sono tutte caratteristiche del mio reale temperamento, e fanno sì che esperti come Wilson mi dichiarino uno dei loro. Tuttavia il mio cervello è intriso di conoscenza esatta. Mi sono allenato a occuparmi solo di fatti e di prove. Congettura e immaginazione non hanno posto nel mio schema di pensiero. Mostratemi ciò che posso vedere con il mio microscopio, tagliare con il mio bisturi, pesare con la mia bilancia, e dedicherò una vita alla sua indagine. Ma quando mi chiedete di studiare sensazioni, impressioni, suggestioni, mi chiedete di fare qualcosa di sgradevole e persino demoralizzante. Una deviazione dalla pura ragione mi colpisce come un cattivo odore o una nota stonata.

Il che è un motivo più che sufficiente per cui io sia un po' riluttante ad andare dal professor Wilson stasera. Eppure sento che difficilmente riuscirei a liberarmi dell'invito senza una completa scortesia; e, visto che la signora Marden e Agatha andranno, naturalmente non lo farei neanche se potessi. Ma avrei preferito incontrarle in qualsiasi altro posto. So che Wilson se potesse mi trascinerebbe in quella sua nebulosa semi-scienza. Nel suo entusiasmo è perfettamente impermeabile a consigli o a rimostranze. Niente eccetto un vero e proprio litigio gli farà comprendere la mia avversione per l'intera faccenda. Non ho dubbi che abbia qualche nuovo ipnotizzatore[4] o

---

[4] *Mesmerist* nel testo inglese. Con mesmerismo, o magnetismo animale, s'intende la terapia di malattie o disfunzioni basata sull'applicazione delle teorie di Franz Anton Mesmer, medico tedesco del Settecento, il quale affermava che il corretto funzio-

chiaroveggente[5] o medium[6] o prestigiatore[7] di qualche tipo da mostrarci, perché anche i suoi intrattenimenti riguardano la sua passione. Beh, sarà un piacere per Agatha, in ogni caso. A lei questo interessa, come di solito è per le donne nei confronti di qualsiasi cosa che sia vaga e mistica e indefinita.

10.50 P.M.

Questo mio tenere un diario è, mi sembra, il risultato di quell'abitudine mentale scientifica di cui

namento dell'organismo umano è garantito dal flusso armonioso di un fluido fisico che lo attraversa (tale fluido s'identificava con la forza magnetica). Col tempo, il concetto di mesmerismo è andato a sovrapporsi con quelli, parzialmente diversi, di ipnotismo e ipnosi, tanto da diventarne un sinonimo.

[5] *Clayrvoyant* nel testo inglese. Il termine chiaroveggenza indica la presunta capacità di conoscere eventi, luoghi o oggetti, che possono essere lontani (nel tempo o nello spazio) oppure nascosti, attraverso una percezione extrasensoriale.

[6] *Medium* anche nel testo inglese; il medium è una persona che sostiene di poter operare come intermediario tra la vita e la morte con supposte entità sovrannaturali.

[7] *Trickster* nel testo inglese.

scrivevo stamattina. Mi piace registrare le impressioni finché sono fresche. Almeno una volta al giorno tento di definire la mia posizione mentale. È un'utile opera di autoanalisi, e possiede, credo, l'effetto di rafforzare il carattere. Francamente, devo confessare che il mio necessita di tanto irrigidimento quanto io possa dargli. Temo che, dopotutto, gran parte del mio temperamento nevrotico sopravviva, e che io sia lontano da quella precisione fredda e calma che caratterizza Murdoch o Pratt-Haldane.[8] Altrimenti, perché la pagliacciata a cui ho assistito stasera avrebbe dovuto scuotermi i nervi al punto che ancora adesso sono tutto sconvolto? Il mio unico conforto è che né Wilson né Miss Penclosa[9] e neanche Agatha possano verosimilmente aver riconosciuto la mia debolezza.

E cosa mai c'era lì da farmi agitare? Niente, o così poco che mi sembra ridicolo adesso che lo sto buttando giù.

[8] Sono due colleghi del protagonista.

[9] A differenza di tutti gli altri esempi presenti nel testo, nel caso di Miss Penclosa si è scelto di non tradurre *Miss* con *signorina*, ritenendo tale scelta consona alle caratteristiche del personaggio e del suo nome d'arte.

Le Marden sono arrivate da Wilson prima di me. In effetti, sono stato uno degli ultimi ad arrivare e ho trovato la stanza affollata. Ho avuto appena il tempo di dire una parola alla signora Marden e ad Agatha, che era incantevole vestita in bianco e rosa, con monachelle[10] scintillanti tra i capelli, quando Wilson è venuto a tirarmi dalla manica.

«Voi volete qualcosa di certo, Girloy» ha detto, portandomi in disparte in un angolo. «Mio caro collega, ho un fenomeno… un fenomeno!»

Avrei potuto essere più impressionato se non avessi già sentito la stessa cosa prima d'ora. Il suo spirito ottimista trasforma ogni lucciola in una stella.[11]

«Nessun dubbio possibile sulla *buona fede*[12] stavolta» ha detto, in risposta, forse, a qualche piccolo bagliore ironico nei miei occhi. «Mia moglie la conosce da molti anni. Vengono entrambe da Trinidad, sapete. Miss Penclosa è stata in Inghilterra solo un mese

[10] *Wheat-ears* nel testo inglese; sono uccellini.

[11] *His sanguine spirit turns every fire-fly into a star* nel testo inglese. Modo di dire che si riferisce a colui al quale basta molto poco per illudersi o per pensare in grande.

[12] *Bona fides* nel testo inglese.

o due, e non conosce nessuno al di fuori della cerchia universitaria, ma vi assicuro che le cose che ci ha detto sono sufficienti da sole a stabilire la chiaroveggenza su una base assolutamente scientifica. Non c'è nessuno come lei, dilettante o professionista. Venite a farvi presentare!»

Non amo nessuno di questi venditori di misteri, ma il dilettante meno di tutti. All'intrattenitore pagato potete balzargli addosso e smascherarlo nell'istante in cui avete scoperto il suo trucco. Egli è lì per ingannarvi, e voi siete lì per scoprirlo. Ma che cosa dovete fare con l'amica della moglie del vostro ospite? Dovete accendere una luce all'improvviso e mostrarla intenta a sbattere su un banjo nascosto? O dovete gettare del carminio[13] sul suo vestito da sera mentre lei gira attorno furtiva con la sua bottiglia di fosforo e la sua sovrannaturale banalità?[14] Ci sarebbe una scenata, e voi sareste considerati dei bruti. Quindi avete la scelta tra essere dei bruti o degli allocchi. Non ero di ottimo umore mentre seguivo Wilson dalla signora.

[13] Ossia della tintura rossa.

[14] Si fa riferimento a due trucchi molto usati dai medium nelle sedute spiritiche.

Non si poteva immaginare qualcuno più dissimile dalla mia idea di una nativa delle Indie occidentali.[15] Era una creatura piccola e fragile, molto più che quarantenne, direi, con un viso pallido e aguzzo e i capelli di una tonalità castana molto chiara. Il suo portamento era insignificante e il suo contegno schivo. In qualsiasi gruppo di dieci donne sarebbe stata l'ultima che uno avrebbe scelto. I suoi occhi erano forse il tratto più degno di nota, e anche, sono costretto a dire, il meno piacevole. Erano di colore grigio – grigio con una sfumatura verde – e mi ha colpito la loro espressione decisamente furtiva. Mi domando se furtiva sia il termine esatto, o dovrei dire feroce? Ripensandoci, felina l'esprimerebbe meglio. Una stampella appoggiata alla parete mi ha rivelato quello che è stato spiacevolmente evidente quando si è alzata: che una delle sue gambe era storpia.

Così sono stato presentato a Miss Penclosa, e non mi è sfuggito che mentre il mio nome veniva menzionato lei ha gettato un'occhiata ad Agatha. Evidentemente Wilson aveva parlato. E immediatamente, sen-

[15] Le Indie Occidentali Britanniche sono i territori dei Caraibi sotto la sovranità della Corona del Regno Unito.

za ombra di dubbio, ho pensato, mi informerà tramite mezzi occulti che sono fidanzato con una giovane signora con monachelle nei capelli. Mi sono domandato quanto altro le avesse detto Wilson di me.

«Il professor Gilroy è un terribile scettico» ha detto lui; «spero, Miss Penclosa, che sarete in grado di convertirlo.»

Ella mi ha guardato intensamente.

«Il professor Girloy ha perfettamente ragione a essere scettico se non ha visto niente di convincente» ha detto. «Avrei creduto» ha aggiunto, «che voi stesso sareste un soggetto eccellente.»

«Per cosa, se posso chiedere?» ho detto.

«Beh, per l'ipnotismo, ad esempio.»

«La mia esperienza è stata che gli ipnotisti cercano i loro soggetti tra coloro che sono mentalmente insani. Tutti i loro risultati sono viziati, mi sembra, dal fatto che hanno a che fare con organismi anormali.»

«Di quale di queste signore direste che possiede un organismo normale?» ha chiesto lei. «Vorrei che sceglieste quella che vi sembra avere la mente più equilibrata. Diciamo la ragazza in rosa e bianco? La signorina Agatha Marden, credo sia il nome.»

«Sì, darei peso a qualsiasi risultato ottenuto con lei.»

«Non ho mai provato fino a che punto sia impressionabile. Di certo alcune persone rispondono molto più rapidamente di altre. Posso chiedervi quanto lontano si spinge il vostro scetticismo? Immagino che ammettiate il sonno ipnotico[16] e il potere della suggestione.»[17]

«Io non ammetto niente, Miss Penclosa.»

«Povera me, credevo che la scienza fosse andata oltre questo. Naturalmente io non ne so niente riguardo al lato scientifico. So solo cosa posso fare. Vedete la ragazza in rosso, per esempio, vicino al vaso giapponese. Vorrei che venisse da noi.»

Mentre parlava si è piegata e ha lasciato cadere il ventaglio sul pavimento. La ragazza si è voltata di scatto ed è venuta dritta verso di noi, con uno sguardo interrogativo sul viso, come se qualcuno l'avesse chiamata.

«Che ne pensate, Girloy?» ha esclamato Wilson, in una sorta di estasi.

[16] *Mesmeric sleep* nel testo inglese; si tratta dell'ipnosi.

[17] Si fa riferimento alla suggestione ipnotica, ossia al fatto che una persona sottoposta a ipnosi possa essere convinta a compiere, una volta sveglia, una data azione o a tenere un dato comportamento, indotto dall'ipnotista.

Non ho osato dirgli quello che ne pensavo. Per me era lo spettacolo di impostura più sfacciato e spudorato di cui ero mai stato testimone. La collusione e il segnale erano stati davvero troppo ovvi.

«Il professor Girloy non è soddisfatto» ha detto lei, fissandomi con gli strani occhietti. «Il mio povero ventaglio si è preso il merito di questo esperimento. Ebbene, dobbiamo provare qualcos'altro. Signorina Marden, avete qualche obiezione a farvi ipnotizzare?»

«Oh, lo adorerei!» ha esclamato Agatha.

A quel punto tutta la compagnia si era radunata attorno a noi in cerchio, gli uomini in sparato[18] e le donne dai colli candidi, alcuni stupiti, altri critici, come se fosse qualcosa a metà tra una cerimonia religiosa e uno spettacolo di un prestigiatore. Una poltrona di velluto rosso era stata spinta al centro, e Agatha ci si è accomodata, un po' arrossita e tremando leggermente per l'emozione. Potevo vederlo dalla vibrazione delle monachelle. Miss Penclosa si è alzata dal suo posto e stava in piedi sopra di lei, appoggiandosi alla sua stampella.

---

[18] Lo sparato è la parte anteriore inamidata delle camicie da uomo, specialmente delle camicie da sera, che appare dallo scollo della giacca.

E c'è stato un cambiamento nella donna. Non sembrava più piccola o insignificante. Vent'anni se n'erano andati dalla sua età. I suoi occhi erano scintillanti, una sfumatura di colore era arrivata sulle sue guance giallognole, la sua intera figura si era ingrandita. Così ho visto un ragazzo dagli occhi spenti e svogliato cambiare in un istante in vivacità e vita quando gli è stato affidato un compito di cui si sentiva padrone. Ella ha guardato in basso verso Agatha con un'espressione di cui mi sono infastidito fino al fondo della mia anima… l'espressione con cui un'imperatrice romana avrebbe potuto guardare la sua schiava in ginocchio. Poi con un gesto rapido e maestoso ha lanciato in alto le braccia e le ha fatte scorrere lentamente in basso dinanzi a lei.

Io stavo osservando intensamente Agatha. Durante i primi tre gesti sembrava essere semplicemente divertita. Al quarto ho notato un leggero appannamento nei suoi occhi, accompagnato da una certa dilatazione delle pupille. Al sesto c'è stato un rapidissimo rigore. Al settimo le sue palpebre hanno iniziato ad abbassarsi. Al decimo i suoi occhi erano chiusi, e il suo respiro era più lento e più profondo del solito. Mentre osservavo provavo a conservare la mia calma scientifica, ma un'agitazione folle e immotivata mi scuoteva. Confido di averlo tenuto nascosto, ma mi sentivo come si sente un bambino nell'oscurità. Non avrei potuto credere di essere ancora esposto a una simile debolezza.

«È in trance» ha detto Miss Penclosa.

«Sta dormendo!» ho esclamato.

«Allora svegliatela!»

L'ho tirata per il braccio e le ho gridato nell'orecchio. Per tutta l'impressione che sono riuscito a fare avrebbe potuto essere morta. Il suo corpo era lì sulla poltrona di velluto. I suoi organi erano in azione… il cuore, i polmoni. Ma il suo spirito! Era scivolato via oltre la nostra comprensione. In quale luogo era andato? Che potere lo aveva sfrattato? Ero interdetto e sconvolto.

«E questo è quanto per il sonno ipnotico» ha detto Miss Penclosa. «Per quel che riguarda la suggestione, qualsiasi cosa io possa suggerire, la signorina Marden la farà infallibilmente, che sia adesso o dopo essersi svegliata dalla sua trance. Ne richiedete prova?»

«Certamente» ho detto io.

«La avrete.» Ho visto un sorriso attraversarle la faccia, come se l'avesse colta un pensiero divertente. Si è chinata e ha sussurrato con veemenza nell'orecchio del suo soggetto. Agatha, che era stata così sorda con me, faceva sì con la testa mentre ascoltava.

«Svegliatevi!» ha gridato Miss Penclosa, con un colpetto secco della stampella sul pavimento. Gli occhi si sono aperti, l'appannamento si è lentamente schiarito, e l'anima si è affacciata di nuovo dopo la sua strana eclissi.

Siamo andati via presto. Agatha non stava affatto peggio per la sua strana escursione, ma io ero nervoso e sconvolto, incapace di ascoltare o rispondere al fiume di commenti che Wilson stava riversando a mio beneficio. Mentre le auguravo la buonanotte, Miss Penclosa mi ha fatto scivolare in mano un pezzo di carta.

«Chiedo perdono» ha detto, «se prendo le misure per vincere il vostro scetticismo. Aprite questa nota domattina alle dieci. È un piccolo test confidenziale.»

Non posso immaginare che volesse dire, ma ecco la nota, e verrà aperta come lei ha ordinato. Mi fa male la testa, e ho scritto abbastanza per stasera. Oserei dire che domani ciò che sembra così inspiegabile prenderà un aspetto del tutto diverso. Non rinuncerò alle mie convinzioni senza lottare.

Sono sbalordito, turbato. È chiaro che devo riconsiderare la mia opinione su questa faccenda. Ma prima lasciatemi mettere agli atti ciò che è accaduto.

Avevo finito di fare colazione, e stavo guardando alcuni grafici con cui illustrare la lezione, quando la mia governante è entrata a dirmi che Agatha si trovava nel mio studio e desiderava vedermi all'istante. Ho dato un'occhiata all'orologio e ho visto con sorpresa che erano solo le nove e mezza.

Quando sono entrato nella stanza, ella stava in piedi di fronte a me sul tappeto del camino. Qualcosa nella sua posa mi ha gelato e ha frenato le parole che mi stavano salendo alle labbra. Il suo velo era mezzo abbassato, ma potevo vedere che era pallida e che la sua espressione era tesa.

«Austin» ha detto, «sono venuta a dirvi che il nostro fidanzamento è finito.»

Ho barcollato. Credo di aver letteralmente barcollato. So che mi sono ritrovato appoggiato alla libreria per sostenermi.

«Ma… ma… » ho balbettato. «Questo è del tutto inaspettato, Agatha.»

«Sì, Austin, sono venuta qui per dirvi che il nostro fidanzamento è finito.»

«Ma di certo» ho esclamato, «mi darete qualche ragione! Non è da voi, Agatha. Ditemi in che modo sono stato tanto sfortunato da offendervi.»

«È tutto finito, Austin.»

«Ma perché? Dovete essere sotto qualche allucinazione, Agatha. Forse vi è stata detta qualche menzogna su di me. O potete aver frainteso qualcosa che vi ho detto. Fatemi solo sapere cos'è, e una parola può sistemare tutto.»

«Dobbiamo considerare tutto finito.»

«Ma ieri sera mi avete lasciato senza un indizio di un qualche disaccordo. Che cosa potrebbe essere successo nel frattempo per cambiarvi così tanto? Dev'essere stato qualcosa che è successo ieri sera. Dovete averci riflettuto e avete disapprovato la mia condotta. È stato l'ipnotismo? Mi biasimate per aver lasciato che quella donna esercitasse il suo potere su di voi? Lo sapete che al minimo segnale sarei intervenuto.»

«È inutile, Austin. È tutto finito.»

La sua voce era fredda e misurata; i suoi modi stranamente formali e duri. Mi sembrava che fosse assolutamente determinata a non essere coinvolta in nessun ragionamento o spiegazione. Quanto a me, ero tremante per l'agitazione, e ho voltato la faccia di lato, a tal punto vergognandomi ch'ella potesse vedere la mia mancanza di controllo.

«Voi dovete sapere cosa significa questo per me!» ho gridato. «È la distruzione di tutte le mie speranze e la rovina della mia vita! Di certo non vorrete infliggermi una siffatta inaudita punizione. Mi direte qual è il problema. Considerate quanto impossibile sarebbe per me, in qualsiasi circostanza, trattarvi così. Per l'amor del cielo, Agatha, ditemi che cosa ho fatto!»

Mi è passata davanti senza una parola e ha aperto la porta.

«È del tutto inutile, Austin» ha detto. «Dovete considerare finito il nostro fidanzamento.» Un istante dopo era andata via, e, prima che potessi riprendermi a sufficienza da seguirla, ho sentito la porta d'ingresso chiudersi dietro di lei.

Mi sono precipitato nella mia stanza per cambiarmi d'abito, con l'idea di correre dalla signora Marden per apprendere da lei quale potesse essere la causa della mia disgrazia. Ero così scosso che a stento ho potuto allacciarmi gli stivali. Non dimenticherò mai quei terribili dieci minuti. Avevo appena infilato il soprabito che l'orologio sulla mensola del camino ha suonato le dieci.

Le dieci! Ho collegato l'idea alla nota di Miss Penclosa. Stava davanti a me sul tavolo, e l'ho aperta. Era scarabocchiata a matita in una grafia singolarmente spigolosa.

MIO CARO PROFESSOR GILROY [diceva],

Prego di scusarmi per la natura personale della prova che vi sto dando. Al professor Wilson è capitato di menzionare i rapporti tra voi e il mio soggetto di stasera, e mi sembrava che se avessi suggerito alla signorina Marden che avrebbe dovuto venire a trovarvi alle nove e mezza domattina e sospendere il vostro fidanzamento per mezz'ora circa, niente avrebbe potuto essere più convincente per voi. La scienza è così esigente che è difficile offrire una prova soddisfacente, ma sono convinta che questa sarà quantomeno un'azione che sarebbe estremamente improbabile ch'ella facesse di propria spontanea volontà. Dimenticate qualsiasi cosa ella possa aver detto, visto che non ha davvero nulla a che fare con ciò, e sicuramente non ricorderà niente a riguardo. Scrivo ciò appunto per abbreviare la vostra preoccupazione, e per implorarvi di perdonarmi per la momentanea infelicità che la mia suggestione deve avervi causato.

Distinti saluti,

HELEN PENCLOSA

Sul serio, quando ho letto l'appunto, ero troppo sollevato per essere arrabbiato. Era stato prendersi una libertà. Certamente era davvero prendersi una grande libertà da parte di una signora che avevo incontrato solo una volta. Ma, dopotutto, l'avevo sfidata con il mio scetticismo. Poteva essere stato, come ha detto, un po' difficile ideare una prova che mi soddisfacesse.

Ed ella lo aveva fatto. Non ci poteva essere alcun dubbio a riguardo. Per me la suggestione ipnotica era definitivamente assodata. Aveva preso il suo posto d'ora in avanti come uno dei dati di fatto della vita. Che Agatha, la quale tra tutte le donne di mia conoscenza ha la mente più equilibrata, fosse stata ridotta alla condizione di un automa sembrava essere certo. Una persona a distanza l'aveva manovrata come un ingegnere sulla costa potrebbe pilotare un siluro Brennan.[19] Un secondo spirito era intervenuto, per così dire, aveva messo da parte il suo, e aveva afferrato il suo sistema nervoso, dicendo: "Lo manovrerò io per mezz'ora." E Agatha deve essere stata priva di sensi mentre veniva e mentre tornava. Poteva farsi strada in sicurezza tra le vie in un simile stato? Mi sono messo il cappello e mi sono affrettato a vedere se per lei fosse tutto a posto.

Sì. Era a casa. Sono stato introdotto in salotto e l'ho trovata seduta con un libro in grembo.

«Siete un visitatore che arriva alla buonora, Austin» ha detto, sorridendo.

«E voi lo siete stata ancor di più» ho risposto.

È apparsa interdetta. «Cosa intendete?» ha chiesto.

«Non siete uscita oggi?»

«No, certo che no.»

«Agatha» ho detto seriamente, «vi dispiacerebbe dirmi esattamente cosa avete fatto stamattina?»

Ella ha riso per la mia gravità.

---

[19] Un tipo particolare di siluro usato nella difesa costiera dalla Gran Bretagna tra il XIX e il XX secolo.

«Avete il vostro aspetto professionale, Austin. Guardate cosa vien fuori a essere fidanzata con un uomo di scienza. Comunque, ve lo dirò, sebbene non possa immaginare per quale motivo volete saperlo. Mi sono svegliata alle otto. Ho fatto colazione alle otto e mezza. Sono venuta in questa camera alle nove meno dieci e ho iniziato a leggere *Memorie di Madame de Remusat*.[20] In pochi minuti ho fatto alla signora francese il brutto complimento di addormentarmi sulle sue pagine, e ho fatto a voi, signore, quello molto lusinghiero di sognarvi. Mi sono svegliata soltanto da pochi minuti.»

«E vi siete ritrovata dov'eravate prima?»

«Perché, dove altrimenti mi sarei dovuta trovare?»

«Vi dispiacerebbe raccontarmi, Agatha, che cosa avete sognato di me? Non è davvero una semplice curiosità da parte mia.»

[20] Sono le *Memorie* della scrittrice francese Claire Élisabeth Jeanne Gravier de Vergennes de Rémusat (1780–1821), considerata donna di grande capacità intellettuale e bellezza, il cui talento ha trovato pieno riconoscimento solo dopo che suo nipote, Paul de Rémusat, pubblicò questo suo testo autobiografico.

«Ho avuto soltanto la vaga impressione che c'entraste voi. Non riesco a ricordare nulla di definito.»

«Se non siete uscita oggi, Agatha, come mai le vostre scarpe sono impolverate?»

Un'espressione afflitta è comparsa sul suo viso.

«Davvero, Austin, non so cosa avete stamattina. Si potrebbe quasi pensare che dubitate della mia parola. Se i miei stivaletti sono impolverati, dev'essere, ovviamente, perché ne ho indossato un paio che la domestica non aveva pulito.»

Era perfettamente evidente ch'ella non sapeva niente di niente sulla questione, e ho pensato che, dopotutto, forse era meglio che non glielo spiegassi. Avrebbe potuto spaventarla, e non poteva essere utile ad alcun buon fine che potessi vedere. Quindi non ho detto più niente in merito, e me ne sono andato poco dopo per tenere la mia lezione.

Tuttavia sono immensamente impressionato. Il mio orizzonte di possibilità scientifiche d'improvviso è stato enormemente ampliato. Non mi stupisco più dell'energia e dell'entusiasmo demoniaci di Wilson. Chi non lavorerebbe duramente avendo un immenso campo vergine a portata di mano? Diamine, ho conosciuto la gioia incontenibile per la nuova forma di un nucleolo,[21] o una particolarità insignificante di una fibra muscolare striata vista sotto una lente di diametro 300. Quanto mi sembrano insignificanti tali ricerche in confronto a questa qui che impatta sulle radici stesse della vita e sulla natura dell'anima! Ho sempre considerato lo spirito come un prodotto della materia. Il cervello, credevo, secerne la mente, come il fegato fa con la bile. Ma come può essere ciò, dal momento che ho visto la mente funzionare a distanza e suonare con la materia come un musicista farebbe con un violino? Il corpo non dà origine all'anima, quindi, ma è piuttosto lo strumento grezzo tramite cui lo spirito si manifesta. La girandola non dà origine al vento, ma lo indica soltanto. Era il contrario della mia intera abitudine di pensiero, eppure era innegabilmente possibile e degno di indagine.

E perché non dovrei indagarlo? Vedo che sotto la data di ieri ho scritto: "Se potessi vedere qualcosa di certo e oggettivo, potrei essere tentato di affrontare la questione dal suo lato fisiologico." Ebbene, ho avuto la mia prova. Sarò di parola. L'indagine sarebbe,

---

[21] Il nucleolo è una struttura tondeggiante presente all'interno del nucleo delle cellule.

ne sono certo, d'immenso interesse. Alcuni dei miei colleghi potrebbero guardarla con sospetto, perché la scienza è piena di irragionevoli pregiudizi, ma se Wilson ha il coraggio delle sue convinzioni, posso essere in grado di averlo anch'io. Andrò da lui domattina… da lui e da Miss Penclosa. Se ella può mostrarci così tanto, è probabile che possa mostrarci di più.

II

Wilson è stato, come avevo previsto, molto esultante per la mia conversione, e anche Miss Penclosa era contegnosamente soddisfatta del risultato del suo esperimento. È strano pensare a che genere di creatura silenziosa e incolore sia, tranne soltanto quando esercita il suo potere! Perfino parlarne le dà colore e vita. Sembra avere un interesse particolare per me. Non posso evitare di osservare come i suoi occhi mi seguano per la stanza.

Abbiamo avuto la più interessante delle conversazioni riguardo ai suoi poteri. Tanto vale registrare le sue opinioni, sebbene esse non possano, naturalmente, rivendicare alcun peso scientifico.

«Siete proprio ai margini dell'argomento» ha detto lei, quando ho espresso stupore al notevole esempio di suggestione che mi aveva mostrato. «Non avevo alcuna influenza diretta sulla signorina Marden quando è venuta da voi. Quella mattina non stavo neanche pensando a lei. Quello che ho fatto è stato impostare la sua mente come potrei impostare l'allarme di un orologio in modo che suoni all'ora fissata per proprio conto. Se fossero stati suggeriti sei mesi invece di dodici ore, sarebbe stato lo stesso.»

«E se la suggestione fosse stata di assassinarmi?»

«Lo avrebbe inevitabilmente fatto.»

«Ma questo è un potere terribile!» ho esclamato.

«È, come dite, un potere terribile» ha risposto lei gravemente, «e più ne saprete più terribile vi apparirà.»

«Potrei chiedere» ho detto io, «cosa intendevate quando avete detto che questo punto della suggestione è solo ai margini di essa? Cosa considerate sia l'essenziale?»

«Preferirei non dirvelo.»

Sono stato sorpreso dal tono deciso della sua risposta.

«Voi comprendete» ho detto, «che non è per curiosità che lo chiedo, ma nella speranza che possa trovare qualche spiegazione scientifica per i fatti che mi avete fornito.»

«Francamente, professor Gilroy» ha detto, «la scienza non mi interessa affatto, né mi importa se possa o non possa classificare questi poteri.»

«Ma io speravo… »

«Ah, questa è totalmente un'altra cosa. Se ne fate una questione personale» ha detto, con il più gradevole dei sorrisi, «sarò solo troppo felice di dirvi qualsiasi cosa desiderate sapere. Vediamo; che cosa mi avete chiesto? Oh, riguardo agli altri poteri. Il professor Wilson non ci crederà, ma essi sono ugualmente del tutto veri. Per esempio, è possibile per un operatore ottenere il comando completo sul suo soggetto… supponendo che quest'ultimo sia un buon soggetto. Senza alcuna precedente suggestione egli può fargli fare qualsiasi cosa voglia.»

«Senza la consapevolezza del soggetto?»

«Dipende. Se la forza fosse impiegata vigorosamente, egli non ne saprebbe niente di più della signorina Marden, quando è venuta da voi e vi ha spaventato così tanto. Oppure, se l'influenza fosse meno potente, egli potrebbe essere consapevole di quello che sta facendo, ma del tutto incapace di impedire a se stesso di farlo.»

«Dunque avrebbe perso la propria forza di volontà?»

«Essa sarebbe scavalcata da un'altra più forte.»

«Voi avete mai impiegato questo potere?»

«Diverse volte.»

«La vostra volontà è dunque così forte?»

«Beh, non dipende interamente da ciò. In molti hanno delle forti volontà che non sono separabili da loro. Il punto è avere il dono di proiettarla in un'altra persona e sostituirla alla sua. Trovo che il potere varia con la mia forza e salute.»

«In pratica, voi mandate la vostra anima nel corpo di un'altra persona.»

«Beh, potreste metterla in questo modo.»

«E il vostro corpo che fa?»

«Cade semplicemente in letargo.»

«Beh, ma non c'è alcun pericolo per la vostra salute?» ho domandato.

«Un po' ci potrebbe essere. Bisogna fare attenzione a non lasciare mai andare via del tutto la propria coscienza; altrimenti, si potrebbe sperimentare qualche difficoltà nel ritrovare la strada del ritorno. Bisogna sempre preservare la connessione, per così dire. Temo di esprimermi molto male, professor Gilroy, ma naturalmente non so come spiegare queste cose in un modo scientifico. Vi sto solo dando le mie esperienze e le mie spiegazioni.»

Ebbene, ho riletto ciò ora con calma, e mi stupisco di me stesso! È questo Austin Gilroy, l'uomo che si è fatto strada al fronte con la sua dura forza del ragionamento e la sua devozione ai fatti? Eccomi a rivendere seriamente le chiacchiere di una donna che mi racconta come la sua anima può essere proiettata fuori dal suo corpo, e come, mentr'ella giace in un'apatia, può controllare le azioni di altre persone a distanza. Lo accetto? Certo che no. Deve provarlo e riprovarlo prima che io ceda di un punto. Ma se sono ancora uno scettico, devo perlomeno smettere di essere uno schernitore. Avremo una seduta stasera, ed ella proverà che può produrre su di me qualche effetto ipnotico. Se ci riesce, sarà un eccellente punto di partenza per la nostra indagine. Nessuno può accusare *me*, in ogni caso, di complicità. Se non ci riesce, proveremo a trovare qualche soggetto che sarà come la moglie di Cesare.[1] Wilson è totalmente immune.

[1] Si fa riferimento all'ultima moglie di Gaio Giulio Cesare, Calpurnia Pisone (75 a.C. – dopo il 44 a.C.), personaggio presente anche nella tragedia *Giulio Cesare* di Shakespeare. Plutarco racconta che Calpurnia ebbe una premonizione la mattina in cui Cesare fu assassinato e cercò inutilmente di convincere il marito a non recarsi in Senato, dove più tardi avrebbe avuto luogo l'attentato. Qui si vuole quindi intendere una persona particolarmente suscettibile all'inconscio e al paranormale.

Credo di essere sulla soglia di un'indagine epocale. Avere il potere di esaminare questi fenomeni dall'interno – avere un organismo che risponderà, e allo stesso tempo un cervello che apprezzerà e criticherà – è sicuramente un vantaggio unico. Sono del tutto sicuro che Wilson darebbe cinque anni di vita per essere tanto ricettivo quanto mi sono rivelato esserlo io.

Non c'era nessuno presente tranne Wilson e sua moglie. Ero seduto con la testa poggiata all'indietro, e Miss Penclosa, in piedi di fronte e un po' a sinistra, faceva gli stessi gesti lunghi e ampi di quelli usati con Agatha. A ognuno di essi una corrente d'aria calda sembrava colpirmi, e spargere un brivido e un calore attraverso tutto me stesso dalla testa ai piedi. I miei occhi erano fissi sul viso di Miss Penclosa, ma, mentre guardavo i tratti sembravano offuscarsi e affievolirsi. Ero consapevole soltanto dei suoi occhi che guardavano giù verso di me, grigi, profondi, imperscrutabili. Sono diventati sempre più grandi, finché improvvisamente si sono trasformati in due laghi di montagna verso i quali sembravo precipitare con tremenda velocità. Ho sussultato, e mentre lo facevo qualche strato più profondo del pensiero mi ha detto che il sussulto rappresentava la rigidità che avevo osservato in Agatha. Un istante più tardi ho colpito la superficie dei laghi, ora riuniti in uno solo, e sono sceso giù nell'acqua con una pienezza nella testa e un ronzio nelle orecchie. Sono andato giù, giù, giù, e poi con una virata di nuovo su finché ho potuto vedere la luce che filtrava brillante attraverso l'acqua verde. Ero quasi alla superficie quando la parola 'Sveglio!' ha squillato attraverso la mia testa, e, con un soprassalto, mi sono ritrovato sulla poltrona, con Miss Penclosa appoggiata alla sua stampella, e con Wilson, taccuino in mano, a sbirciare da sopra la sua spalla. Non è rimasta nessuna pesantezza o debolezza. Al contrario, sebbene sia passata solo un'ora circa dall'esperimento, mi sento così insonne da essere più incline allo studio che alla camera da letto. Vedo proprio un panorama di interessanti esperimenti che si estende davanti a noi, e sono tutto impaziente di iniziarli.

27 MARZO

Una giornata vuota, siccome Miss Penclosa va con Wilson e la moglie dai Sutton. Ho iniziato *Magneti-*

smo animale di Binet e Ferré.[2] Che strane acque profonde sono queste! Risultati, risultati, risultati… e la causa un mistero assoluto. È stimolate per l'immaginazione, ma devo stare in guardia da questo. Non abbiamo nessuna inferenza né deduzione, e nient'altro che solidi fatti. *So* che la trance ipnotica è vera; *so* che la suggestione ipnotica è vera; *so* che io stesso sono sensibile a questa forza. Questa è la mia posizione attuale. Ho un grande e nuovo taccuino che sarà dedicato interamente ai dettagli scientifici.

Lunga conversazione con Agatha e la signora Marden in serata riguardo al nostro matrimonio. Pensiamo che le vacanze estive (l'inizio di esse) sarebbe il miglior momento per il matrimonio. Perché dovremmo ritardare? Io accetto con riluttanza persino questi pochi mesi. Eppure, come dice la signora Marden, ci sono un bel po' di cose che devono essere sistemate.

28 MARZO

Ipnotizzato di nuovo da Miss Penclosa. Esperienza più o meno simile rispetto a prima, eccetto che l'in-

---

[2] Testo del 1887 che tratta del mesmerismo, altrimenti detto – appunto – magnetismo animale.

sensibilità è arrivata più velocemente. Vedi taccuino A per temperatura della stanza, pressione barometrica, battito e respiro, come presi dal professor Wilson.

29 MARZO

Ipnotizzato di nuovo. Dettagli nel taccuino A.

30 MARZO

Domenica, e una giornata vuota. Mi risento per ogni interruzione dei nostri esperimenti. Al momento essi abbracciano soltanto i segni fisici che accompagnano la leggera, completa ed estrema insensibilità. In seguito speriamo di passare ai fenomeni di suggestione e lucidità. Dei professori a Nancy e al Salpetriere[3] hanno dimostrato queste cose su alcune donne. Sarà più persuasivo quando una donna lo dimostrerà su un professore, con un secondo professore come testimone. E che io debba essere il soggetto… io, lo scettico, il materialista! Quantomeno, ho mostrato che la mia devozione alla scienza è più grande della

---

[3] Famoso ospedale universitario di Parigi.

mia personale coerenza. Rimangiarsi le nostre parole è il sacrificio più grande che la verità ci richiede.

Il mio vicino, Charles Sadler, il giovane e bell'assistente di laboratorio ad anatomia, è venuto stasera a riportarmi un volume di *Archivi* di Virchow[4] che gli avevo prestato. Lo definisco giovane, ma, in effetti, è un anno più anziano di me.

«Mi pare di capire, Gilroy» ha detto, «che Miss Penclosa sta facendo esperimenti su di voi.»

«Beh» ha proseguito, quando l'ho ammesso, «se fossi in voi, non lascerei andare oltre la cosa. Mi riterrete davvero impertinente, senza dubbio, ma, nondimeno, sento che sia mio dovere consigliarvi di non avere più a che fare con lei.»

Naturalmente gli ho chiesto perché.

«Sono in una posizione tale che non posso entrare nei dettagli tanto liberamente quanto vorrei» ha detto lui. «Miss Penclosa è l'amica di un mio amico, e la mia posizione è delicata. Posso dire soltanto que-

---

[4] Rudolf Ludwig Karl Virchow (1821-1902) è stato un patologo, scienziato, antropologo e politico tedesco, pioniere dei moderni concetti della patologia cellulare e della patogenesi delle malattie.

sto: che sono stato io stesso il soggetto di alcuni degli esperimenti della donna, e che hanno lasciato una spiacevolissima impressione sulla mia mente.»

Non poteva certo aspettarsi che io fossi soddisfatto da ciò, e ho cercato faticosamente di tiragli fuori qualcosa di più preciso, ma senza successo. È plausibile che egli possa essere geloso che io lo abbia sostituito? O è uno di quegli uomini di scienza che si sentono feriti sul personale quando i fatti vanno contro le loro opinioni preconcette? Non può credere seriamente che visto che egli ha qualche vaga lagnanza io debba, per questo, abbandonare una serie di esperimenti che promettono di essere tanto fruttuosi di risultati. È sembrato infastidito dal modo leggero con cui trattavo i suoi enigmatici avvertimenti, e ci siamo separati con un po' di freddezza da entrambe le parti.

31 MARZO

Ipnotizzato da Miss P.

1 APRILE

Ipnotizzato da Miss P. (Taccuino A.)

Ipnotizzato da Miss P. (tracciato sfigmografico preso dal professor Wilson).

3 APRILE

È possibile che questo percorso di ipnotismo possa essere un po' impegnativo per la costituzione generale. Agatha dice che sono più magro e con più occhiaie. Sono consapevole di un'irritabilità nervosa che non avevo mai osservato prima in me. Il minimo rumore, per esempio, mi fa sussultare, e la stupidità di uno studente mi causa esasperazione anziché divertimento. Agatha vorrebbe che mi fermassi, ma le ho detto che ogni percorso di studi è impegnativo, e che non si può mai raggiungere un risultato senza pagarne un qualche prezzo. Quando vedrà lo scalpore che potrà suscitare la mia imminente opera su 'La relazione tra mente e materia', comprenderà che vale la pena avere un po' di danni nervosi da usura.[5] Non sarei sorpreso se prendessi il mio F.R.S. su di esso.[6]

[5] *Wear and tear* nel testo inglese.
[6] *Fellow of the Royal Society*, ossia membro della Royal So-

Ipnotizzato di nuovo in serata. Ora l'effetto si produce più rapidamente, e le visioni soggettive sono meno marcate. Tengo appunti zeppi di ogni seduta. Wilson andrà in città per una settimana o dieci giorni, ma noi non interromperemo gli esperimenti, che dipendono per il loro valore più dalle mie sensazioni che dalle sue osservazioni.

4 APRILE

Devo stare molto all'erta. Una complicazione che non avevo immaginato si è insinuata nei nostri esperimenti. Nel mio entusiasmo per i fatti scientifici sono stato follemente cieco alle relazioni umane tra Miss Penclosa e me. Qui posso scrivere ciò che non sussurrerei ad anima viva. L'infelice donna sembra essersi affezionata a me.

Non dovrei dire una cosa simile, neanche nel privato del mio stesso diario personale, se non fosse arrivata a un punto che è impossibile da ignorare. Per

ciety, la prestigiosissima associazione scientifica britannica, che ha contato tra i suoi membri scienziati del calibro di Boyle, Locke, Faraday, Newton, Darwin, Einstein e Hawking.

qualche tempo – cioè, per l'ultima settimana – ci sono stati segnali che ho messo da parte e a cui mi sono rifiutato di credere. La sua radiosità quando arrivo, il suo abbattimento quando me ne vado, il suo desiderio che io vada più spesso, l'espressione dei suoi occhi, il tono della sua voce… ho cercato di credere che non significassero niente, e fossero, forse, solo le sue maniere focose delle Indie occidentali. Ma ieri sera, mentre mi svegliavo dal mio sonno ipnotico, ho teso la mano, inconsciamente, involontariamente, e ho stretto la sua. Quando sono tornato pienamente in me, eravamo seduti con le mani serrate, ed ella che mi guardava con un sorriso di attesa. E la cosa orribile è stata che mi sentivo esortato a dire quello ch'ella si aspettava che dicessi. Che miserabile bugiardo sarei stato! Come avrei dovuto odiarmi oggi se avessi ceduto alla tentazione di quel momento! Ma, grazie a Dio, sono stato abbastanza forte da balzare in piedi e affrettarmi a uscire dalla stanza. Sono stato scortese, temo, ma non potevo, no, *non potevo*, fidarmi di me stesso un istante di più. Io, un gentiluomo, un uomo d'onore, fidanzato con una delle più dolci ragazze d'Inghilterra… eppure in un momento di passione senza ragione ho quasi professato il mio amore per quella donna che a stento conosco. È molto più vecchia di me ed è storpia. È mostruoso, odioso; eppure l'impulso è stato talmente forte che, fossi rimasto in sua presenza un altro minuto, mi sarei compromesso. Che cos'è stato? Devo insegnare ad altri il funzionamento del nostro organismo, e cosa ne so io? È stato l'improvviso affioramento di uno strato inferiore della mia natura... un brutale istinto primitivo che si è affermato all'improvviso? Potrei quasi credere ai racconti di possessione da parte di spiriti maligni, tanto la sensazione è stata dominante.

Ebbene, l'inconveniente mi mette in una posizione molto infelice. Da un lato, sono molto restio ad abbandonare una serie di esperimenti che sono già arrivati così lontano, e che promettono risultati talmente brillanti. Dall'altro, se quest'infelice donna ha concepito una passione per me... Ma di certo anche ora devo aver commesso un deprecabile errore. Ella, con la sua età e la sua malformazione! È impossibile. E poi sapeva di Agatha. Comprendeva la mia posizione. Ha soltanto sorriso divertita, forse, quando nella mia condizione disorientata le ho afferrato la mano. È stato il mio cervello mezzo ipnotizzato che ha dato un significato a ciò, ed è balzato con tale bestiale rapidità da rispondervi. Vorrei potermi persuadere che è stato davvero così. In generale, forse, l'idea più saggia sarebbe rimandare gli altri nostri esperimenti fino al ritorno di Wilson. Ho scritto un biglietto a Miss Penclosa, quindi, non facendo alcuna allusione a ieri sera, ma dicendo che impegni di lavoro mi avrebbero costretto a interrompere le nostre sedute per un po' di giorni. Ella ha risposto, abbastanza formalmente, dicendo che se avessi cambiato idea l'avrei trovata a casa alla solita ora.

10 P.M.

Bene, bene, che fantoccio che sono! Ultimamente sto arrivando a conoscermi meglio, e più apprendo più bassa è la considerazione che ho di me stesso. Sicuramente non sono sempre stato così debole. Alle quattro avrei sorriso se qualcuno mi avesse detto che sarei andato da Miss Penclosa stasera, eppure, alle otto, ero alla porta di Wilson come al solito. Non so come sia successo. L'influenza dell'abitudine, suppongo. Forse c'è una mania ipnotica come c'è una mania da oppio, e io ne sono vittima. So soltanto che mentre lavoravo nel mio studio diventavo sempre più inquieto. Non la smettevo di muovermi. Mi preoccupavo. Non riuscivo a concentrare la mente sui fogli davanti a me. E poi, alla fine, quasi prima che sapessi cosa stessi facendo, ho afferrato il cappello e mi sono affrettato al mio solito appuntamento.

Abbiamo avuto una serata interessante. La signora Wilson è stata presente per la maggior parte del tempo, cosa che ha evitato l'imbarazzo che almeno uno di noi deve aver provato. I modi di Miss Penclosa erano completamente uguali al solito, e non ha espresso alcuna sorpresa per la mia presenza a dispetto del mio appunto. Non c'era nulla nel suo portamento che rivelasse che l'incidente di ieri avesse fatto qualche impressione su di lei, e quindi sono incline a sperare di averlo sopravvalutato.

6 APRILE (sera)

No, no, no, non l'avevo sopravvalutato. Non posso più tentare di nascondere a me stesso che quella donna ha concepito una passione per me. È mostruoso, ma è vero. Di nuovo, stasera, mi sono svegliato dalla trance ipnotica trovando la mia mano nella sua, e subendo quell'odiosa sensazione che mi spinge a gettare via il mio onore, la mia carriera, ogni cosa, per l'amore di quella creatura che, come posso chiaramente vedere quando sono lontano dalla sua influenza, non possiede alcun fascino al mondo. Ma quando sono vicino a lei, non sento questo. Suscita qualcosa in me, qualcosa di malvagio, qualcosa a cui preferirei non pensare. Ella paralizza anche la mia natura migliore, nel momento in cui stimola la mia peggiore. Decisamente non è un bene per me starle vicino.

Ieri sera è stato peggio di prima. Invece di correre via sono stato davvero per un po' di tempo seduto con la mano nella sua parlandole degli argomenti più intimi. Abbiamo parlato di Agatha, tra le altre cose. Che cosa stavo sognando? Miss Penclosa ha detto che è ordinaria, e io ho concordato con lei. Ha detto una o due cose dispregiative su di lei, e non ho protestato! Che bestia sono stato!

Debole come mi sono rivelato essere, sono ancora abbastanza forte da mettere fine a questo genere di cose. Non accadrà più. Ho abbastanza giudizio da scappare quando non posso lottare. Da questa domenica sera in avanti non farò più sedute con Miss Penclosa. Mai più! Lasciamo andare gli esperimenti, lasciamo che la ricerca termini; qualsiasi cosa è meglio che fronteggiare la mostruosa tentazione che mi trascina così in basso. Non ho detto niente a Miss Penclosa, ma starò semplicemente alla larga. Potrà capire il motivo senza parole da parte mia.

7 APRILE

Ne sono stato alla larga come ho detto. È un peccato sprecare un'indagine tanto interessante, ma sarebbe un peccato peggiore sprecare la mia vita, e *so* che non posso fidarmi di me stesso con quella donna.

11 P.M.

Dio mi aiuti! Che problema ho? Sto impazzendo? Cerchiamo di stare calmi e di ragionare con me stesso. Prima di tutto butterò giù esattamente ciò che è successo.

Erano quasi le otto quando ho scritto le righe con cui inizia questo giorno. Sentendomi stranamente irrequieto e agitato, ho lasciato le mie stanze e sono uscito per trascorrere la serata con Agatha e sua madre. Entrambe hanno notato che ero pallido e smunto. Verso le nove è arrivato il professor Pratt-Haldane, e abbiamo fatto una partita a whist.[7] Cercavo a fatica di concentrare l'attenzione sulle carte, ma la sensazione di irrequietezza cresceva sempre più, finché ho trovato impossibile lottarvi. Semplicemente *non potevo* stare ancora seduto al tavolo. Alla fine, proprio nel mezzo di una mano, ho buttato giù le mie carte e, con qualche sorta di scusa incoerente riguardo all'avere un qualche appuntamento, sono corso via dalla stanza. Come in un sogno ho il vago ricordo di essermi affrettato all'ingresso, aver agguantato il cappello dall'appendiabiti, e aver sbattuto la porta dietro di me. Sempre come in un sogno, ho l'immagine della doppia fila di lampioni a gas, e i miei stivali infangati mi dicono che devo aver corso in mezzo alla strada. Era tutto nebbioso e strano e innaturale. Sono arrivato a casa di Wilson; ho visto la signora Wilson e ho visto Miss Penclosa. A malapena ricordo di cosa abbiamo parlato, ma mi ricordo che Miss P. ha scosso la testa della stampella verso di me in modo giocoso, e mi ha accusato di essere in ritardo e di perdere interesse nei nostri esperimenti. Non c'è stato ipnotismo, ma mi sono fermato per un po' e sono appena tornato.

[7] Gioco di carte in voga nel XVIII e XIX secolo, antenato dell'odierno bridge.

Ora il mio cervello è di nuovo del tutto limpido, e posso riflettere su cosa è accaduto. È assurdo supporre che sia semplicemente debolezza e forza dell'abitudine. Ho cercato di spiegarlo in questo modo l'altra sera, ma non basta più. È qualcosa di più profondo e di più terribile di questo. Diamine, quando ero al tavolo da whist dei Marden, sono stato trascinato via come se il cappio di una corda fosse stato gettato attorno a me. Non posso più nasconderlo a me stesso. Quella donna ha il controllo su di me. Sono nelle sue grinfie. Tuttavia non devo perdere la testa e devo usare la ragione e capire cos'è meglio fare.

Ma che folle cieco sono stato! Nel mio entusiasmo per la ricerca ho camminato dritto nella fossa, sebbene stesse spalancata dinanzi a me. Non mi aveva avvisato ella stessa? Non mi aveva detto, come posso leggere nel mio stesso diario, che quando ha acquistato potere su un soggetto può fargli fare ciò che vuole? Ed ella ha acquistato quel potere su di me. Al momento sono a completa disposizione[8] di questa creatura con la stampella. Devo andare quando vuole lei. Devo fare ciò che vuole lei. Peggio di tutto, devo sentire ciò

[8] *at the beck and call* nel testo inglese.

che vuole lei. La detesto e ne ho paura, eppure, mentre sono sotto l'incantesimo, può senza alcun dubbio far sì che io la ami.

C'è qualche consolazione al pensiero, quindi, che quegli impulsi odiosi per cui ho biasimato me stesso non vengano affatto realmente da me. Sono tutti trasferiti da lei, come davvero non avrei potuto immaginare all'inizio. Mi sento più pulito e più leggero al pensiero.

8 APRILE

Sì, ora, nella piena luce del giorno, scrivendo con calma e con il tempo per riflettere, sono costretto a confermare ogni cosa che ho scritto sul diario ieri notte. Sono in una posizione orribile, però, sopra ogni cosa, non devo perdere la testa. Devo mettere il mio intelletto contro i suoi poteri. Dopotutto, non sono una sciocca marionetta, che balla all'estremità di un filo. Ho energia, cervello, coraggio. Pur con tutti i suoi trucchi del demonio potrei ancora batterla. Potrei! Io *devo*, o che ne sarà di me?

Proviamo a ragionare! Questa donna, per sua stessa ammissione, può dominare il mio sistema nervoso.

Può proiettare se stessa dentro il mio corpo e prenderne il controllo. Ha un'anima parassita; sì, ella è un parassita, un mostruoso parassita. S'insinua nel mio corpo come il granchio eremita nel guscio del buccino.[9] Sono impotente. Che cosa posso fare? Ho a che fare con forze di cui non so niente. E non posso raccontare a nessuno del mio problema. Sarei considerato un folle. Certamente, se si spargesse la voce, all'università direbbero che non hanno alcun bisogno di un professore tormentato dal demonio. E Agatha! No, no, devo affrontarlo da solo.

[9] Il buccino è un mollusco dotato di guscio, del quale il granchio eremita si appropria.

III

Ho riletto i miei appunti su ciò che la donna ha detto quando parlava dei suoi poteri. C'è un punto che mi riempie di sgomento. Ella insinua che quando l'influenza è leggera il soggetto sa cosa sta facendo, ma non può controllarsi, mentre quando è esercitata con forza egli ne è completamente inconsapevole. Ora, io sapevo sempre cosa facevo, sebbene meno quest'ultima sera passata che nelle precedenti occasioni. Questo sembra significare che finora ella non ha mai esercitato i suoi completi poteri su di me. C'è mai stato un uomo in una simile situazione?

Sì, forse c'è stato, e anche vicinissimo a me. Charles Sadler deve saperne qualcosa! Le sue vaghe parole di avvertimento ora assumono un significato. Oh, se solo l'avessi ascoltato allora, prima che con queste sedute ripetute aiutassi a forgiare gli anelli della catena che mi avvince! Ma lo vedrò oggi. Mi scuserò con lui per aver trattato con tanta leggerezza il suo avvertimento. Vedrò se può consigliarmi.

No, non può. Ho parlato con lui, e ha mostrato una simile sorpresa alle prime parole con cui ho cercato di esprimere il mio indicibile segreto, che non sono andato oltre. Da quanto posso cogliere (da indizi e inferenze piuttosto che da una qualsiasi affermazione), la sua esperienza si era limitata ad alcune parole o sguardi come quelli che io stesso ho sopportato. La sua rinuncia a Miss Penclosa è di per sé un segno che egli non è mai stato davvero nelle sue grinfie. Oh, se solo sapesse da cosa è sfuggito! Deve ringraziare per questo il suo flemmatico temperamento sassone. Io sono scuro e celtico, e le grinfie di quella megera sono profondamente nei miei nervi.[1] Le tirerò mai fuori? Sarò mai lo stesso uomo che ero solo una quindicina di giorni fa?

Consideriamo cosa sarebbe meglio che facessi. Non posso lasciare l'università nel mezzo del trimestre. Se fossi libero, la mia direzione sarebbe ovvia.

---

[1] Si fa riferimento al presunto legame che deriverebbe tra l'appartenenza a una certa razza umana e i tratti caratteriali ad essa ipoteticamente conseguenti.

Dovrei partire immediatamente per un viaggio in Persia. Ma lei mi permetterebbe di partire? E la sua influenza non potrebbe raggiungermi in Persia, e riportarmi indietro a tiro della sua stampella? Posso soltanto scoprire i limiti del suo potere infernale con la mia amara esperienza. Lotterò e lotterò e lotterò... e che cosa posso fare di più?

So benissimo che stasera verso le otto arriverà su di me quella brama della sua compagnia, quell'irresistibile irrequietezza. Come la vincerò? Che farò? Devo rendere impossibile per me lasciare la stanza. Chiuderò la porta e getterò la chiave dalla finestra. Ma, poi, che farò domattina? Non importa per domattina. Devo a tutti i costi rompere questa catena che mi stringe.

9 APRILE

Vittoria! Ce l'ho fatta magnificamente! Ieri sera alle sette ho cenato frettolosamente, e poi mi sono chiuso nella camera da letto e ho buttato la chiave in giardino. Ho scelto un romanzo allegro, e sono stato a letto per tre ore cercando di leggere, ma in realtà in un orribile stato di trepidazione, aspettando ogni istante di diventare conscio dell'impulso. Non è accaduto niente del genere, tuttavia, e mi sono svegliato stamattina con la sensazione di essere stato liberato da un cupo incubo. Forse la creatura ha capito quello che ho fatto, e ha compreso che era inutile cercare di influenzarmi. In ogni caso, l'ho battuta una volta, e se posso farlo una volta, posso farlo di nuovo.

È stato molto imbarazzante per via della chiave stamattina. Fortunatamente, giù c'era un aiuto giardiniere, e ho chiesto a lui di gettarmela su. Senza dubbio ha pensato che l'avessi solo lasciata cadere. Avrò porte e finestre distrutte e sei uomini robusti che mi trattengono a letto prima di arrendermi a essere stregato in tal modo.

Questo pomeriggio ho ricevuto un biglietto da parte della signora Marden, in cui mi chiede di andarla a trovare. Avevo intenzione di farlo in ogni caso, ma non mi aspettavo di trovare cattive notizie ad attendermi. Sembra che gli Armstrong, da cui Agatha ha speranze di eredità, debbano tornare a casa da Adelaide a bordo dell'*Aurora,* e che abbiano scritto alla signora Marden e a lei per incontrarsi in città. Probabilmente staranno via per un mese o sei settimane, e, visto che l'*Aurora* è attesa per mercoledì, devono partire immediatamente... domani, se sono pronte in tempo. La mia consolazione è che quando ci rincontreremo non ci saranno più separazioni tra Agatha e me.

«Voglio che facciate una cosa, Agatha» le ho detto, mentre eravamo insieme da soli. «Se vi dovesse capitare di incontrare Miss Penclosa, che sia in città o qui, dovete promettermi di non permetterle mai più di ipnotizzarvi.»

Agatha ha spalancato gli occhi.

«Suvvia, era solo l'altro giorno che stavate dicendo quanto fosse interessante tutto ciò, e quanto eravate determinato a concludere i vostri esperimenti.»

«Lo so, ma ho cambiato idea da allora.»

«E non ne farete più?»

«No.»

«Sono tanto contenta, Austin. Non potete credere quanto siete stato pallido e smunto ultimamente. Era proprio la nostra principale remora ad andare a Londra ora, non volevamo lasciarvi mentre eravate così abbattuto. E di tanto in tanto i vostri modi sono stati così strani... specialmente quella sera in cui lasciaste il povero professor Pratt-Haldane a giocare con il morto.[2] Sono persuasa che quegli esperimenti fanno molto male ai vostri nervi.»

«Lo penso anch'io, cara.»

«E altrettanto per i nervi di Miss Penclosa. Avete sentito che sta male?»

«No.»

«La signora Wilson ce l'ha detto ieri sera. L'ha descritta come una febbre nervosa. Il professor Wilson rientrerà questa settimana, e certamente la signora Wilson è molto preoccupata che Miss Penclosa stia di nuovo bene per allora, perché egli ha un bel programma di esperimenti che è ansioso di realizzare.»

Sono stato contento di avere la promessa di Agatha, perché era sufficiente che quella donna avesse solo uno di noi tra le sue grinfie. D'altro canto, ero turbato per aver appreso della malattia di Miss Penclosa. Riduce alquanto la vittoria che mi sembrava aver ottenuto ieri notte. Mi ricordo che ha detto che la mancanza di salute interferisce con il suo potere. Può

---

[2] In alcuni giochi di carte, specie in quelli a quattro giocatori divisi in due coppie contrapposte, uno dei giocatori può essere chiamato, a turno, a giocare con le proprie carte e con quelle del compagno, che le scopre e diventa appunto il morto.

essere stato per questo che sono riuscito a tenerle testa così facilmente. Bene, bene, devo prendere le stesse precauzioni stasera e vedere cosa ne viene. Sono spaventato come un bambino quando penso a lei.

10 APRILE

È andato tutto benissimo ieri notte. Mi ha divertito la faccia del giardiniere quando ho dovuto chiamarlo di nuovo stamattina e chiedergli di lanciarmi la chiave. Mi farò una pessima reputazione tra la servitù se questo genere di cose va avanti. Ma il punto è che sono rimasto nella mia camera senza la minima inclinazione a lasciarla. Credo proprio che mi sto liberando di questo incredibile legame… o è solo che il potere della donna è in quiescenza finché non recupera le forze? Non posso che pregare per il meglio.

Le Marden sono partite stamattina, e la luminosità sembra aver lasciato il sole primaverile. Eppure è bellissimo anche mentre brilla sui castagni verdi di fronte alle mie finestre, e dà un tocco di gaiezza alle pareti pesanti e chiazzate di licheni dei vecchi college. Quanto è dolce e gentile e rassicurante la Natura! Chi crederebbe che in lei si nascondono anche forze così vili, possibilità così odiose! Perché certamente comprendo che questa cosa tremenda che mi è balzata addosso non è né soprannaturale e neanche preternaturale. No, è una forza naturale ciò che quella donna sa usare e di cui la società è all'oscuro. Il semplice fatto che essa diminuisca con la forza di lei mostra quanto sia interamente soggetta alle leggi della fisica. Se avessi del tempo, la sonderei fino in fondo e metterei le mani sul suo antidoto. Ma non si può addomesticare la tigre mentre si è sotto i suoi artigli. Non si può fare altro che cercare di sfuggirle. Ah, quando guardo nello specchio e vedo i miei occhi scuri e il mio ben delineato viso spagnolo, bramo uno spruzzo di vetriolo o un attacco di vaiolo.[3] L'uno o l'altro avrebbero potuto salvarmi da questa calamità.

Sono propenso a credere che stanotte potrei avere problemi. Sono due le cose che me lo fanno temere. Una

---

[3] Il vetriolo è il nome popolare dell'acido solforico fumante, un acido particolarmente potente; era usato per la preparazione domestica di saponi e detersivi, ma divenne tristemente famoso come strumento di sfregio per vendetta. Il vaiolo, invece, è una malattia infettiva che ha, tra i suoi stadi, l'insorgere di pustole in viso.

è che ho incontrato la signora Wilson per strada, e mi ha detto che Miss Penclosa sta meglio, sebbene sia ancora debole. Mi sono scoperto a desiderare nel mio cuore che la sua malattia le fosse stata fatale. L'altra è che il professor Wilson ritorna tra un giorno o due, e la sua presenza agirebbe come un limite su di lei. Non temerei i nostri colloqui se fosse presente una terza persona. Per entrambe queste ragioni ho il presentimento di guai stanotte, e prenderò le stesse precauzioni di prima.

11 APRILE

No, grazie a Dio, è andato tutto bene ieri notte. Davvero non potevo affrontare di nuovo il giardiniere. Ho chiuso la porta e ho spinto la chiave sotto di essa, così che stamattina ho dovuto chiedere alla domestica di farmi uscire. Ma la precauzione era davvero non necessaria, perché non ho mai avuto alcuna inclinazione a uscire. Tre sere di fila a casa! Sono di certo vicino alla fine dei miei guai, perché Wilson sarà di nuovo a casa oggi o domani. Gli racconterò cosa ho patito oppure no? Sono convinto che non avrei il minimo supporto da lui. Mi guarderebbe come un caso interessante, e leggerebbe uno scritto su di me alla prossima riunione della Società Psichica, in cui egli discuterebbe con gravità della possibilità che io sia un deliberato bugiardo, e la comparasse alla possibilità che fossi in una fase iniziale di demenza. No, non ricaverò alcun conforto da Wilson.

Mi sento meravigliosamente in forma e bene. Non penso di aver mai tenuto lezione con maggiore spirito. Oh, se solo potessi far uscire quest'ombra dalla mia vita, come sarei felice! Giovane, abbastanza ricco, in prima fila nella mia professione, fidanzato con una ragazza bellissima e affascinante... non ho ogni cosa che un uomo potrebbe chiedere? Solo una cosa che mi turba, ma che cosa che è!

Mezzanotte

Impazzirò. Sì, sarà quella la fine. Impazzirò. Ora non ne sono lontano. La testa mi pulsa mentre l'appoggio sulla mia mano calda. Sto tremando dappertutto come un cavallo terrorizzato. Oh, che notte che ho avuto! Eppure ho anche qualche motivo per essere soddisfatto.

Con il rischio di diventare lo zimbello della mia stessa servitù, ho fatto scivolare di nuovo la chiave sotto la porta, imprigionandomi per la notte. Poi, ritenendo fosse troppo presto per andare a letto, mi sono disteso ancora vestito e ho iniziato a leggere uno dei romanzi di Dumas.[4] D'un tratto sono stato afferrato... afferrato e trascinato via dal divano. È solo così che so descrivere la natura soverchiante della forza che è piombata su di me. Ho ghermito il copriletto. Mi sono aggrappato alla struttura in legno. Credo di aver urlato nella mia frenesia. Era tutto inutile, senza speranza. *Dovevo* uscire. Non c'erano vie d'uscita. Ho resistito solo all'inizio. La forza è presto diventata troppo opprimente. Ringrazio il cielo che non c'erano osservatori lì a intralciarmi. Se ci fossero stati non avrei potuto rispondere di me stesso. E, oltre alla determinazione di uscire, mi è anche giunto il più scrupoloso e lucido giudizio nella scelta dei mezzi per farlo. Ho acceso una candela e mi sono sforzato, in ginocchio davanti alla porta, di tirare la chiave con la piuma di un calamo. Era troppo corta e l'ha spinta ancora più lontana. Poi con tranquilla perseveranza ho preso un tagliacarte da uno dei cassetti, e con quello

[4] Alexandre Dumas padre (1802-1870) fu uno dei più prolifici e popolari scrittori francesi del XIX secolo.

sono riuscito a tirare indietro la chiave. Ho aperto la porta, sono entrato nel mio studio, ho preso una mia fotografia dalla scrivania, vi ho scritto sopra qualcosa, l'ho messa nella tasca interna della giacca, e poi sono partito verso casa di Wilson.

Era tutto meravigliosamente chiaro, eppure dissociato dal resto della mia vita, come gli avvenimenti di un sogno, persino di quello più vivido, potrebbero essere. Mi possedeva una peculiare doppia consapevolezza. C'era la volontà aliena predominante, che era intenzionata a trascinarmi verso la sua proprietaria, e c'era la più flebile personalità in lotta, che riconoscevo essere la mia, che si strattonava fievolmente dall'impulso soverchiante come un terrier al guinzaglio potrebbe fare con la sua catena. Riesco a ricordare di aver riconosciuto queste due forze in conflitto, ma non ricordo niente della mia passeggiata, né di come sono stato fatto entrare nella dimora.

Molto vivido, tuttavia, è il mio ricordo di come ho incontrato Miss Penclosa. Lei stava reclinata sul sofà del piccolo boudoir in cui di solito erano stati eseguiti i nostri esperimenti. La sua testa era posata su una mano, e una coperta di pelle di tigre era stata parzialmente stesa su di lei. Ha guardato su in attesa mentre entravo, e, siccome la luce della lampada cadeva sul suo viso, ho potuto vedere che era molto pallida e magra, con occhiaie scure sotto gli occhi. Mi ha sorriso, e ha indicato uno sgabello accanto a lei. Aveva indicato con la mano sinistra, e io, accorrendo con entusiasmo, l'ho afferrata – disprezzo me stesso mentre ci penso – e l'ho premuta contro le labbra appassionatamente. Poi, sedendomi sullo sgabello, e tenendole ancora la mano, le ho dato la fotografia che avevo portato con me, e ho parlato e parlato e parlato… del mio amore per lei, della mia pena per la sua malattia, della mia gioia per la sua guarigione, della tristezza che significava per me assentarmi una sola sera dal suo fianco. Ella giaceva a osservarmi tranquillamente con occhi imperiosi e il suo sorriso provocatorio. Mi ricordo che ha passato una volta la mano sui miei capelli come chi accarezza un cane; e mi ha dato piacere… la carezza. Sotto di essa ho tremato. Ero il suo schiavo, anima e corpo, e in quel momento gioivo della mia schiavitù.

E poi giunse il cambiamento benedetto. Che non mi si dica che non esiste la Provvidenza! Ero sull'orlo della perdizione. I miei piedi erano sul margine. È stata una coincidenza che in quell'esatto istante arrivasse un soccorso? No, no, no; esiste la Provvidenza, e la sua mano mi ha tirato indietro. C'è qualcosa nell'universo più forte di questa donna diabolica con i suoi trucchi. Ah, pensarlo è un tale balsamo per il mio cuore!

Mentre la guardavo sono stato consapevole di un cambiamento in lei. Il suo viso, che prima era stato pallido, ora era spettrale. I suoi occhi erano spenti, e le palpebre si piegavano pesantemente su di loro. Sopra ogni altra cosa, l'aspetto di calma sicurezza era svanito dai suoi tratti. La bocca si era indebolita. La fronte si era corrugata. Era atterrita e indecisa. E mentre osservavo il cambiamento, il mio spirito fremeva e lottava, cercando faticosamente di liberarsi dalla presa che lo tratteneva... una presa che, di secondo in secondo, diventava meno salda.

«Austin» ha sussurrato, «ho cercato di fare troppo. Non sono abbastanza forte. Non mi sono ancora ripresa dalla malattia. Ma non potevo vivere più senza vedervi. Voi non mi lascerete, vero, Austin? Questa è solo una debolezza passeggera. Se solo mi darete cinque minuti, sarò di nuovo me stessa. Prendetemi la piccola caraffa dal tavolo alla finestra.»

Ma io avevo riconquistato la mia anima. Con la sua forza calante l'influenza era svanita da me e mi aveva lasciato libero. E io ero deciso... aspramente, selvaggiamente deciso. Per una volta almeno potevo far comprendere a quella donna quali fossero i miei reali sentimenti per lei. Il mio animo era pieno di un astio tanto bestiale quanto lo era l'amore contro cui era una reazione. Era la passione selvaggia e omicida dello schiavo che si ribella. Avrei potuto prendere la stampella dal suo fianco e colpirla in viso con quella. Ella ha sollevato di scatto le mani, come per evitare un colpo, ed è indietreggiata rifugiandosi nell'angolo del divano.

«Il brandy!» ha rantolato. «Il brandy!»

Ho preso la caraffa e l'ho versato sulle radici di una palma alla finestra. Poi ho agguantato la fotografia dalla sua mano e l'ho fatta in mille pezzi.

«Vile donna» ho detto «se compissi il mio dovere verso la società, voi non lascereste mai questa stanza da viva!»

«Io vi amo, Austin; vi amo!» ha detto piangendo.

«Sì» ho esclamato, «e Charles Sadler prima di me. E quanti altri prima di lui?»

«Charles Sadler!» ha ansimato. «Egli v'ha parlato? Dunque, Charles Sadler, Charles Sadler!» La voce le usciva dalle labbra bianche come il sibilo di un serpente.

«Sì, io vi conosco, e anche altri vi conosceranno. Creatura svergognata! Conoscevate la mia posizione. Eppure avete usato il vostro vile potere per portarmi dalla vostra parte. Forse potreste farlo di nuovo, ma quantomeno vi ricorderete che mi avete sentito dire che amo la signorina Marden dal profondo del cuore, e che disprezzo e aborro voi!

«Il semplice vedervi e il suono della vostra voce mi riempie d'orrore e disgusto. Il vostro pensiero è repellente. Questo è quel che sento per voi, e se vi piace portarmi di nuovo al vostro fianco con i vostri trucchi come avete fatto stasera, avrete quantomeno, penso, poca soddisfazione nel tirare fuori un amante da un uomo che vi ha detto la sua reale opinione su di voi. Potete mettermi in bocca le parole che volete, non potete evitare di ricordare... »

Mi sono fermato, perché la testa della donna era caduta indietro, ed era svenuta. Non ha potuto sopportare di sentire quello che dovevo dirle! Che bagliore di soddisfazione mi dà pensare che, accada quel che accada, in futuro non potrà mai fraintendere i miei reali sentimenti nei suoi confronti. Ma che cosa accadrà nel futuro? Cosa farà dopo? Non oso pensarci. Oh, se solo potessi sperare che mi lascerà in pace! Ma quando penso a quello che le ho detto... Non importa; per una volta sono stato più forte di lei.

12 APRILE

Ieri notte ho dormito a malapena, e stamattina mi sono ritrovato così sconvolto e febbricitante che sono stato costretto a chiedere a Pratt-Haldane di fare la lezione al posto mio. È la prima volta in assoluto che mi assento. Mi sono alzato a mezzogiorno, ma mi fa male la testa, mi tremano le mani, e i miei nervi sono in una condizione pietosa.

Chi doveva venire stasera se non Wilson? È appena tornato da Londra, dove ha tenuto lezioni, letto articoli, convocato riunioni, smascherato un medium, condotto una serie di esperimenti sul trasferimento del pensiero, intrattenuto il professor Richet di Parigi, trascorso ore a guardare dentro a un cristallo, e ottenuto alcune prove del passaggio della materia attraverso la materia. Tutto questo me l'ha versato nelle orecchie in una singola raffica.

«Ma voi!» ha esclamato alla fine. «Non mi sembrate stare bene. E Miss Penclosa oggi è del tutto prostrata. Come vanno gli esperimenti?»

«Li ho abbandonati.»

«Suvvia! Perché?»

«Il soggetto mi sembra essere pericoloso.»

È venuto fuori il suo grande taccuino marrone.

«Questo è di grande interesse» ha detto. «Quali sono le vostre basi per dire che è pericoloso? Per favore datemi i fatti in ordine cronologico, con le date approssimative e i nomi di testimoni affidabili con i loro indirizzi permanenti.»

«Prima di tutto» ho chiesto io, «mi direste se avete raccolto qualche caso in cui l'ipnotista ha conquistato un potere sul soggetto e l'ha usato per propositi malvagi?»

«Dozzine!» ha esclamato esultante. «Crimine tramite suggestione… »

«Non intendo la suggestione. Intendo quando un impulso improvviso arriva da una persona a distanza… un impulso incontrollabile.»

«Ossessione!» ha gridato, in un'estasi di delizia. «È la condizione più rara. Abbiamo otto casi, cinque ben attestati. Non intenderete dire… », la sua esultanza lo faceva esprimere a fatica.

«No, no» ho detto io. «Buona sera! Mi perdonerete, ma stasera non sto molto bene.» E così alla fine mi sono liberato di lui, che ancora impugnava matita e taccuino. I miei problemi potevano essere difficili da sopportare, ma perlomeno era meglio tenermeli stretti per me che essere esposto a Wilson, come uno scherzo della natura a un lunapark. Ha perso di vista gli esseri umani. Ogni cosa per lui è un caso e un fenomeno. Morirò piuttosto che parlare ancora con lui della questione.

13 APRILE

Ieri è stato un benedetto giorno di quiete, e mi sono goduto una notte tranquilla. La presenza di Wilson è una grande consolazione. Che cosa può fare adesso la donna? Di certo, quando mi ha sentito dire quello che le ho detto, avrà concepito per me lo stesso disprezzo che io provo per lei. Lei non potrebbe, no, *non* potrebbe, desiderare di avere un innamorato che l'ha così tanto insultata. No, credo di essere libero dal suo amore… ma che dire del suo odio? Non potrebbe usare quei suoi poteri per vendicarsi? Bah! Perché dovrei spaventarmi per delle ombre? Si dimenticherà di me, e io mi dimenticherò di lei, e tutto andrà bene.

I miei nervi hanno recuperato abbastanza il loro tono. Credo davvero di aver sconfitto la creatura. Però devo confessare di vivere in una certa apprensione. Ella sta di nuovo bene, perché ho sentito che stava andando con la signora Wilson in High Street nel pomeriggio.

Vorrei poter andare via del tutto da qui. Correrei da Agatha il giorno stesso in cui il trimestre finisce. Ritengo che è pietosamente debole da parte mia, ma quella donna mi dà ai nervi nel modo più terribile. L'ho rivista, e le ho parlato.

È stato appena dopo pranzo, e stavo fumando una sigaretta nel mio studio, quando ho sentito i passi del mio domestico Murray nel corridoio. Ero indolentemente consapevole che dietro era udibile un secondo passo, e mi ero a malapena preoccupato di ipotizzare chi potesse essere, quando improvvisamente un lieve rumore mi ha fatto saltare dalla sedia con la pelle che si accapponava per la paura. Non avevo mai osservato prima che tipo di suono facesse il battere di una stampella, ma i miei nervi tremanti mi hanno detto che lo udivo adesso nello schiocco secco di legno che si alternava al tonfo attutito dei passi. Un altro istante e il mio domestico l'aveva introdotta nella stanza.

Non ho tentato di fare i soliti convenevoli, né li ha fatti lei. Stavo semplicemente in piedi con la sigaretta in mano che si consumava, e la fissavo. Ella da parte sua mi guardava in silenzio, e al suo sguardo mi sono ricordato come in queste stesse pagine ho cercato di definire l'espressione dei suoi occhi, se fossero furtivi o feroci. Oggi erano feroci... gelidamente e inesorabilmente feroci.

«Ebbene» ha detto infine, «siete ancora della stessa opinione dell'ultima volta che vi ho visto?»

«Sono sempre stato della stessa opinione.»

«Comprendiamoci l'un l'altra, professor Gilroy» ha detto lentamente. «Io non sono una persona con cui è molto sicuro scherzare, come ormai dovreste aver capito. Siete stato voi che mi avete chiesto di intraprendere una serie di esperimenti con voi, siete stato voi che avete conquistato il mio affetto, siete stato voi che avete professato il vostro amore per me, siete stato voi che mi avete portato la vostra fotografia con parole affettuose su di essa, e, infine, siete stato voi che la stessa sera avete ritenuto opportuno insultarmi nel modo più oltraggioso, rivolgendovi a me come nessun uomo aveva ancora mai osato parlarmi. Ditemi che quelle parole vi sono venute in un momento d'impeto e sono pronta a dimenticarle e a perdonarle. Non intendevate dire quello che avete detto, vero, Austin? Non mi odiate sul serio?»

Avrei potuto avere compassione di quella donna deforme… un tale ardente desiderio d'amore spuntava all'improvviso attraverso la minaccia dei suoi occhi. Ma poi ho pensato a ciò che avevo passato, e il mio cuore è diventato duro come la selce.

«Se mai mi avete udito parlare d'amore» ho detto, «sapete benissimo che era la vostra voce a parlare, e non la mia. Le sole parole vere che sono mai stato capace di dirvi sono quelle che avete udito l'ultima volta che ci siamo incontrati.»

«Lo so. Qualcuno vi ha messo contro di me. È stato lui!» Diede un colpo sul pavimento con la stampella. «Bene, sapete benissimo che potrei indurvi all'istante ad accovacciarvi ai miei piedi come uno spaniel. Non mi troverete di nuovo nella mia ora di debolezza, in cui potete insultarmi impunemente.

Fate attenzione a ciò che state facendo, professor Gilroy. Siete in una terribile posizione. Non avete ancora compreso la stretta che ho su di voi.»

Ho sollevato le spalle e ho distolto lo sguardo.

«Bene» ha detto lei, dopo una pausa, «se disprezzate il mio amore, devo vedere che si può fare con la paura. Voi sorridete, ma verrà il giorno in cui verrete da me urlando per chiedermi perdono. Sì, striscerete per terra davanti a me, orgoglioso come siete, e maledirete il giorno in cui da vostra migliore amica mi avete resa la vostra più acerrima nemica. Fate attenzione, professor Gilroy!» Ho visto una mano bianca agitarsi nell'aria, e un viso che poco aveva di umano, tanto era contorto dalle passioni. Un istante dopo era andata via, e ho sentito il rapido zoppicare e ticchettare affievolirsi lungo il corridoio.

Ma ha lasciato un peso sul mio cuore. Dei vaghi presentimenti di una prossima sciagura gravavano su di me. Cerco invano di persuadermi che quelle erano solo parole di rabbia vuota. Riesco a ricordare quegli occhi inesorabili troppo bene per crederlo. Che farò… ah, che farò? Non sono più padrone della mia stessa anima. In ogni istante questo parassita abominevole può insinuarsi in me, e poi… Devo raccontare a qualcuno il mio terribile segreto… Devo raccontarlo o impazzirò. Se avessi qualcuno che fosse solidale con me e mi consigliasse! Wilson è fuori questione. Charles Sadler mi comprenderebbe solo fino a dove la sua stessa esperienza lo porta. Pratt-Haldane! È un uomo equilibrato, un uomo di grande buon senso e risorse. Andrò da lui. Gli racconterò ogni cosa. Voglia Dio che sia in grado di consigliarmi!

IV

6.45 P.M.

No, è inutile. Non c'è alcun aiuto umano per me; devo risolvere la questione da solo. Due maledizioni si trovano dinanzi a me. Dovrei diventare l'amante di questa donna. Oppure devo sopportare tutte le persecuzioni che può infliggermi. Anche se non ve ne fosse alcuna, vivrei in un inferno di apprensione. Ma ella può torturarmi, può farmi diventare matto, può uccidermi: mai, mai, mai mi arrenderò. Cosa può infliggermi che sia peggio della perdita di Agatha, e di sapere di essere un bugiardo spergiuro, e di aver perso il titolo di gentiluomo?

Pratt-Haldane è stato molto affabile, e ha ascoltato con la massima cortesia la mia storia. Ma quando ho guardato i suoi lineamenti pesanti, i suoi occhi smorti, e il ponderoso mobilio da studio che lo circondava, sono riuscito a fatica a raccontargli ciò che ero venuto a dire. Era tutto così sostanziale, così materiale. E, inoltre, cosa avrei detto io stesso solo un mese fa se uno dei miei colleghi fosse venuto da me con una storia di possessione demoniaca? Forse sarei stato meno paziente di quanto lo è stato lui. Così com'era, ha preso appunti della mia dichiarazione, ha chiesto quanto tè bevevo, quante ore dormivo, se ero stato molto oberato di lavoro, se avevo avuto improvvisi dolori alla testa, brutti sogni, ronzii nelle orecchie, lampi davanti agli occhi... tutte domande che facevano supporre la sua convinzione che una congestione cerebrale fosse alla radice del mio problema. Alla fine mi ha congedato con tantissime banalità sull'esercizio all'aria aperta, e sull'evitare l'eccitazione nervosa. La sua prescrizione, che era per il cloralio e il bromuro[1], l'ho appallottolata e l'ho gettata nel canale di scolo.

No, non posso cercare alcun aiuto da nessun essere umano. Se mi rivolgo a qualcun altro, potrebbero parlare tra loro e potrei ritrovarmi in un manicomio. Non posso fare altro che afferrare il coraggio a piene mani, e pregare che un uomo onesto possa non essere abbandonato.

---

[1] Si tratta di due sostanze chimiche usate, fino ai primi decenni del XX secolo, come sedativi e per curare i disturbi del sonno.

È la primavera più dolce a memoria d'uomo. Così verde, così mite, così bella! Ah, che contrasto tra la natura esteriore e la mia anima tanto lacerata dal dubbio e dal terrore! È stata una giornata senza eventi di rilievo, però so di essere sull'orlo di un abisso. Lo so, eppure vado avanti con la routine della mia vita. L'unico lato positivo è che Agatha è felice e sta bene ed è lontana da tutti i pericoli. Se questa creatura avesse una mano su entrambi, cosa non potrebbe fare?

La donna è ingegnosa nei suoi tormenti. Sa quanto sono appassionato al mio lavoro, e quanto sono altamente considerate le mie lezioni. Perciò è da quel punto che ora mi attacca. Finirà, riesco a immaginarlo, con me che perdo la mia cattedra, ma combatterò fino alla fine. Non me la toglierà senza lottare.

Stamattina durante la lezione non ero consapevole di alcun cambiamento se non che per un minuto o due ho avuto un capogiro e la sensazione di nuotare che sono velocemente svaniti. Al contrario, mi sono con-

gratulato con me stesso per aver reso il mio argomento
(le funzioni dei globuli rossi) sia interessante che chiaro. Mi sono sorpreso, perciò, quando uno studente è
venuto nel mio laboratorio immediatamente dopo la
lezione, e si è lamentato di essere sconcertato dalla di-
screpanza tra le mie asserzioni e quelle dei libri di testo.
Mi ha mostrato il suo taccuino, in cui si riferiva che in
una parte della lezione avevo perorato le più oltraggio-
se e antiscientifiche eresie. Naturalmente ho negato, e
ho dichiarato che mi aveva frainteso, ma confrontando
i suoi appunti con quelli dei suoi compagni, è diventato
chiaro che aveva ragione, e che avevo davvero fatto alcune dichiarazioni del tutto insensate. Ovviamente mi
giustificherò di questo dicendo che è stato il risultato di
un momento di aberrazione, però sono troppo sicuro
che sarà il primo di una lunga serie. Ora non manca che
un mese alla fine del trimestre, e prego di poter resiste-
re fino ad allora.

26 APRILE

Sono trascorsi dieci giorni da quando ho avuto il
coraggio di fare qualche annotazione nel mio diario.
Perché dovrei registrare la mia mortificazione e umi-

liazione? Avevo giurato di non aprirlo mai più. Eppure la forza dell'abitudine è potente, e qui mi ritrovo ancora una volta a prendere nota delle mie terribili esperienze… praticamente con lo stesso spirito con cui si è saputo che un suicida prendesse nota degli effetti del veleno che lo uccideva.

Ebbene, lo schianto che avevo previsto è giunto… e non prima di ieri. Le autorità universitarie mi hanno tolto la docenza. È stato fatto nel modo più delicato possibile, pretendendo che sia una misura temporanea per darmi sollievo dagli effetti del lavoro eccessivo, e per darmi l'opportunità di recuperare la salute. Ciononostante, è stato fatto, e non sono più il professor Gilroy. Sono ancora responsabile del laboratorio, ma ho pochi dubbi che anche quello andrà presto via.

Il fatto è che le mie lezioni sono diventate la barzelletta dell'università. Il mio corso era affollato di studenti che venivano a vedere e sentire che avrebbe fatto o detto l'eccentrico professore la prossima volta. Non posso entrare nei dettagli della mia umiliazione. Oh, quella donna diabolica! Non ci sono limiti di buffoneria e imbecillità a cui non mi ha costretto. Cominciavo la mia lezione chiaramente e bene, ma sempre con la sensazione di un'eclissi in arrivo. Poi appena sentivo l'influsso, lottavo contro di esso, sforzandomi, con le mani serrate e le gocce di sudore sulla fronte, di prevalere su di esso, mentre gli studenti, sentendo le mie parole incoerenti e osservando le mie contorsioni, scoppiavano a ridere alle buffonate del loro professore. E poi, una volta ch'ella mi aveva padroneggiato a dovere, uscivano fuori le cose più scandalose… battute sciocche, sentimentalismi come se stessi proponendo un brindisi, frammenti di ballate, offese personali persino contro alcuni membri del mio corso. E poi in un istante il mio cervello diventava di nuovo limpido, e la mia lezione procedeva decorosamente fino alla fine. Non c'è da stupirsi che il Senato universitario sia stato costretto a prestare attenzione a un simile scandalo. Oh, quella diabolica donna!

E la parte più orribile di tutto ciò è la mia solitudine. Eccomi seduto a un ordinario bovindo inglese,[2] a guardare fuori su un'ordinaria strada inglese con i suoi bus sgargianti e i suoi poliziotti poltroni, e dietro di me incombe un'ombra che stona completamente con il tem-

---

[2] Particolare tipo di finestra, nella quale gli infissi e le ante vetrate non sono allineate al muro, ma seguono un percorso ad arco orizzontale avanzato rispetto alla muratura.

po e il luogo. In casa della conoscenza sono gravato e torturato da un potere di cui la scienza nulla sa. Nessun giudice mi ascolterebbe. Nessun giornale discuterebbe il mio caso. Nessun dottore crederebbe ai miei sintomi. I miei stessi amici più intimi lo considererebbero solo come un segno di squilibrio mentale. Ho perso ogni relazione con i miei simili. Oh, quella diabolica donna! Che stia attenta! Potrebbe spingermi troppo oltre. Quando la giustizia non può aiutare un uomo, egli può farsi giustizia da solo.

Ieri mi ha incontrato in High Street e mi ha parlato. È stato anche un bene per lei, forse, che non sia avvenuto tra le siepi di una strada di campagna solitaria. Mi ha chiesto con il suo freddo sorriso se fossi stato già castigato. Non l'ho degnata di una risposta. «Dobbiamo provare con un altro giro di vite» ha detto. State attenta, mia signora, state attenta! Una volta l'ho avuta alla mia mercé. Forse potrebbe capitare un'altra opportunità.

28 APRILE

La sospensione dal mio insegnamento ha avuto anche l'effetto di rimuovere i suoi mezzi per infastidirmi, e quindi mi sono goduto due giorni benedetti di pace.

Dopotutto, non c'è alcuna ragione di disperarsi. La solidarietà è arrivata in massa su di me da tutte le parti, e tutti concordano sul fatto che sono state la mia devozione alla scienza e la natura ardua delle mie ricerche a scuotermi il sistema nervoso. Ho avuto il messaggio più gentile dal consiglio che mi suggeriva di fare un viaggio all'estero, e che esprimeva la sicura speranza che avrei potuto riprendere tutti i miei compiti per l'inizio del trimestre estivo. Niente potrebbe essere più lusinghiero delle loro allusioni alla mia carriera e ai miei servizi per l'università. È solo nella sfortuna che qualcuno può mettere alla prova la propria popolarità. Quella creatura potrebbe stancarsi di tormentarmi, e allora tutto potrebbe andare ancora bene. Possa Dio concederlo!

29 APRILE

La nostra cittadina assonnata ha avuto un piccolo scalpore. L'unica conoscenza del crimine che abbiamo è quando uno studente universitario turbolento rompe qualche lampione o arriva alle mani con un poliziotto. Ieri notte, tuttavia, c'è stato un tentativo di forzare l'ingresso della filiale della Banca d'Inghilterra, e di conseguenza siamo tutti in agitazione.

Parkenson, il direttore, è un mio intimo amico, e l'ho trovato agitatissimo mentre passeggiavo lì attorno dopo la colazione. Se i ladri fossero penetrati nell'ufficio contabilità, avrebbero ancora avuto le casseforti con cui fare i conti, perciò la difesa era considerevolmente più forte dell'attacco. In effetti, quest'ultimo non sembra affatto essere stato molto formidabile. Due delle finestre più basse hanno segni come di uno scalpello o di qualche strumento del genere che fosse stato infilato sotto di esse per aprirle con la forza. La polizia dovrebbe avere un buon indizio, perché il telaio era stato dipinto di verde solo il giorno prima, e dalle macchie è evidente che un po' di vernice era finita sulle mani o sui vestiti del criminale.

4.30 P.M.

Ah, quella maledetta donna! Quella donna tre volte maledetta! Non importa! Non mi vincerà! No, non lo farà! Però, oh, quella diavolessa! Si è presa la mia cattedra. Ora si prenderebbe il mio onore. Non c'è niente che possa fare contro di lei, niente se non … Ah, però, per quanto oppresso io sia, non riesco a costringermi a pensare a quello!

È stato circa un'ora fa che sono andato in camera da letto, e mi stavo pettinando i capelli davanti allo specchio, quando all'improvviso i miei occhi si sono appuntati su qualcosa che mi ha lasciato così nauseato e raggelato che mi sono seduto sul bordo del letto e ho iniziato a piangere. Era da molti anni che non versavo lacrime, ma tutta la mia forza d'animo è svanita, e non ho potuto che singhiozzare e singhiozzare di pena e di rabbia impotenti. C'era la mia giacca da camera, quella che di solito indosso dopo cena, appesa al suo gancio al guardaroba, con la manica destra fittamente incrostata dal polso al gomito da chiazze di vernice verde.

Così era questo ciò che intendeva con un altro giro di vite! Mi ha reso un pubblico idiota. Ora vorrebbe marchiarmi come un criminale. Stavolta ha fallito. Ma che dire della prossima volta? Non oso pensarci… e ad Agatha e alla mia povera vecchia madre! Vorrei essere morto!

Sì, è questo l'altro giro di vite. Ed è anche questo quello che intendeva, senza dubbio, quando ha detto che non avevo ancora compreso il potere che ha su di me. Riguardo il mio resoconto della conversazione con lei, e vedo che aveva dichiarato che con uno sforzo leggero del suo volere il suo soggetto sarebbe stato conscio, e inconscio con uno più forte. Ieri notte io ero inconscio. Potrei giurare di aver dormito profondamente nel mio letto senza neanche un sogno. Eppure quelle macchie mi dicono che mi sono vestito, sono uscito, ho tentato di aprire le finestre della banca, e sono tornato. Ero osservato? È possibile che qualcuno mi abbia visto farlo e mi abbia seguito fino a casa? Ah, che inferno è diventata la mia vita! Non ho per niente pace, per niente riposo. Ma la mia pazienza si sta avvicinando alla fine.

10 P.M.

Ho pulito la giacca con la trementina.[3] Non credo che qualcuno possa avermi visto. È stato con il mio cacciavite che ho fatto i segni. L'ho trovato tutto incrostato di vernice, e l'ho pulito. Mi fa male la testa come se volesse esplodere, e ho preso cinque granelli di antipirina.[4] Se non fosse per Agatha, ne avrei presi cinquanta e l'avrei fatta finita.

[3] Sostanza chimica usata come solvente.
[4] Composto chimico impiegato con funzioni di antidolorifico, tossico se ingerito in quantità elevate.

Tre giorni tranquilli. Quel demone infernale è come un gatto col topo. Mi lascia libero solo per balzarmi addosso di nuovo. Non sono mai così spaventato come quando tutto è calmo. Il mio stato fisico è deplorevole… singhiozzo perpetuo e ptosi della palpebra sinistra[5].

Ho saputo dalle Marden che torneranno dopodomani. Non so se essere felice o dispiaciuto. A Londra erano al sicuro. Una volta qui potrebbero essere trascinate nell'orribile rete nella quale io stesso sto lottando. E io devo dirglielo. Non posso sposare Agatha fintantoché so di non essere responsabile delle mie stesse azioni. Sì, devo dirglielo, anche se questo porrà fine a ogni cosa tra noi.

Stasera c'è il ballo universitario, e io devo andare. Dio sa che non sono mai stato meno dell'umore di festeggiare, però non devo permettere che si dica che non sono capace di apparire in pubblico. Se mi vedessero lì, e se parlassi con qualcuno dei più anziani dell'u-

---

[5] La ptosi è una condizione in cui una o entrambe le palpebre superiori sono abbassate rispetto alla norma.

niversità, sarebbe un bel passo avanti nel mostrare loro
che sarebbe ingiusto togliermi la cattedra.

10 P.M.

Sono stato al ballo. Charles Sadler e io siamo andati insieme, però io sono andato via prima di lui. Lo
aspetterò sveglio, tuttavia, perché, davvero, in queste
notti ho paura di andare a dormire. È un tipo allegro e
pratico, e una chiacchierata con lui mi calmerà i nervi. Nel complesso, la sera è stata un grande successo.
Ho parlato con chiunque abbia una certa influenza,
e credo di avergli fatto capire che la mia cattedra non
è ancora del tutto vacante. La creatura era al ballo…
incapace di ballare, naturalmente, ma seduta con la
signora Wilson. Ancora e ancora i suoi occhi si sono
soffermati su di me. Sono stati quasi l'ultima cosa che
ho visto prima di lasciare la sala. Una volta, mentre
ero seduto di traverso rispetto a lei, l'ho guardata, e
ho visto che il suo sguardo stava seguendo qualcun
altro. Era Sadler, che in quel momento stava ballando
con la seconda signorina Thurston. A giudicare dalla
sua espressione, è un bene per lui che non sia nelle
sue grinfie come lo sono io. Non sa da che pericolo

è scampato. Ora credo di sentire il suo passo lungo la via, e scenderò giù e lo farò entrare. Se vorrà…

4 MAGGIO

Perché mi sono fermato così ieri sera? Non sono mai sceso giù, dopotutto… almeno, non ho alcun ricordo di averlo fatto. Però, d'altra parte, non riesco a ricordare di essere andato a letto. Una delle mie mani è assai gonfia stamattina, eppure non ho alcuna memoria di essermi ferito ieri. Per il resto, mi sento molto meglio per i festeggiamenti di ieri sera. Ma non riesco a capire com'è stato che non ho incontrato Charles Sadler visto che ero così completamente intenzionato a farlo. È possibile… Mio Dio, è solo troppo probabile! Ella mi ha condotto di nuovo in qualche diavoleria? Andrò giù da Sadler e glielo chiederò.

MEZZOGIORNO

La cosa è giunta a un punto di rottura. La mia vita non è degna di essere vissuta. Però, se devo morire, allora anche lei verrà con me. Non la lascerò indietro, a far diventare matto qualche altro uomo come ha fatto con me. No, sono arrivato al limite della mia resistenza. Mi ha reso tanto disperato e pericoloso quanto può esserlo un uomo mortale.[6] Dio sa che non ho mai avuto il cuore di fare del male neanche a una mosca, eppure, se ora avessi tra le mani quella donna, non lascerebbe questa stanza da viva. La vedrò oggi stesso, e imparerà cosa deve aspettarsi da me.

Sono andato da Sadler e l'ho trovato, con mia sorpresa, a letto. Appena sono entrato si è messo a sedere e ha voltato verso di me un viso che mi ha fatto star male mentre lo guardavo.

«Beh, Sadler, che cosa è successo?» ho esclamato, ma il mio cuore si è fatto gelido mentre lo dicevo.

«Gilroy» ha risposto, biascicando con le labbra gonfie, «da qualche settimana ho avuto l'impressione che siate un pazzo. Ora lo so, e anche che siete un pazzo pericoloso. Se non fosse che non sono disposto a creare uno scandalo nel college, ora sareste nelle mani della polizia.»

«Volete dire...» ho gridato.

---

[6] *as desperate and dangerous a man as walks the earth* nel testo inglese.

«Voglio dire che ieri notte mentre aprivo la porta vi siete avventato su di me, mi avete colpito in faccia con entrambi i pugni, mi avete gettato a terra, mi avete preso a calci nei fianchi furiosamente, e mi avete lasciato a giacere quasi incosciente per strada. Guardate la vostra stessa mano che testimonia contro di voi.»

Sì, eccola lì, gonfia, con le nocche simili a spugne, come dopo qualche colpo formidabile. Che cosa potevo fare? Anche se mi giudicava un pazzo, dovevo dirgli tutto. Mi sono seduto al suo letto e ho affrontato tutti i miei problemi dall'inizio. Li ho raccontati con mani tremanti e parole ardenti che avrebbero potuto convincere la persona più scettica. «Vi odia e odia me!» ho esclamato. «Ieri notte si è vendicata su entrambi contemporaneamente. Mi ha visto lasciare il ballo, e deve aver visto anche voi. Sapeva quanto ci avreste messo a tornare a casa. Allora non ha dovuto fare altro che usare la sua perfida volontà. Ah, il vostro viso ferito è poca cosa rispetto alla mia anima ferita!»

Era colpito dalla mia storia. Ciò era evidente. «Sì, sì, mi ha guardato mentre uscivo dalla sala» ha mormorato. «Ne è capace. Ma è possibile che vi abbia davvero ridotto a questo? Che cosa avete intenzione di fare?»

«Mettervi fine!» ho esclamato. «Sono totalmente disperato; oggi le darò il suo ultimo avvertimento, e la prossima volta sarà l'estrema.»

«Non fate niente di avventato» ha detto lui.

«Avventato!» ho gridato. «La sola cosa avventata sarebbe differire di un'altra ora.» Detto ciò sono corso alla mia stanza, ed eccomi alla vigilia di quella che potrebbe essere la grande crisi della mia vita. Partirò immediatamente. Oggi ho guadagnato una cosa, perché ho fatto comprendere a un uomo, quantomeno, la verità di questa mia mostruosa esperienza. E, se dovesse accadere il peggio, questo diario rimane come prova del pungolo che mi ha guidato.

Sera

Quando sono andato da Wilson, sono stato introdotto, e ho scoperto che egli era seduto con Miss Penclosa. Per mezz'ora ho dovuto sopportare le sue chiacchiere meticolose riguardo alla sua recente ricerca sull'esatta natura dei colpi durante le sedute spiritiche, mentre io e la creatura sedevamo in silenzio guardandoci l'un l'altra attraverso la stanza. Leggevo un sinistro divertimento nei suoi occhi, ed ella deve aver visto odio e minaccia nei miei. Stavo quasi disperando di avere una conversazione con lei quando egli è stato chiamato fuori dalla stanza, e noi siamo rimasti insieme da soli per qualche istante.

«Ebbene, professor Gilroy... oppure è signor Gilroy?» ha detto, con quel suo sorriso amaro. «Come sta il vostro amico, il signor Charles Sadler, dopo il ballo?»

«Demonio!» ho gridato io. «Ora sei arrivata alla fine dei tuoi trucchi. Non li tollererò più. Ascolta ciò che dico.» Ho attraversato la stanza a grandi falcate e l'ho scossa dalle spalle violentemente. «Certo come il fatto che c'è un Dio in cielo, giuro che se provi un'altra delle tue malvagità su di me avrò la tua vita per quello. Accada quel che accada, avrò la tua vita. Sono arrivato alla fine di ciò che un uomo può sopportare.»

«I conti tra di noi non sono ancora del tutto sistemati» ha detto, con un ardore che uguagliava il mio. «Io posso amare, e posso odiare. Voi avevate la scelta. Avete scelto di rifiutare il primo; ora dovete provare l'altro. Ci vorrà un po' di più per spezzare il vostro spirito, vedo, ma sarà spezzato. La signorina Marden ritorna domani, ho saputo.»

«Questo che cosa ha a che fare con voi?» ho esclamato. «È una perversione che voi osiate anche solo pensare a lei. Se pensassi che voi voleste farle del male...»

Era spaventata, potevo vederlo, sebbene cercasse di fare come se niente fosse. Ha letto l'oscuro pensiero nella mia mente, ed è indietreggiata lontano da me.

«È fortunata ad avere un tale campione» ha detto. «Egli osa per davvero minacciare una donna sola. Devo davvero congratularmi con la signorina Marden per il suo protettore.»

Le parole erano amare, ma la voce e i modi erano ancora più acidi.

«È inutile parlare» ho detto io. «Sono venuto qui solo per dirvi – e per dirvelo molto solennemente – che il vostro prossimo oltraggio su di me sarà l'ultimo.»

Detto ciò, siccome sentivo i passi di Wilson sulle scale, sono uscito dalla stanza. Sì, può apparire velenosa e mortale, ma, nonostante tutto, ora sta iniziando a capire che ha tanto da temere da me quanto io da lei. Omicidio! Ha un brutto suono. Ma non si parla di omicidio per un serpente o una tigre. Che stia attenta adesso.

Alle undici ho incontrato Agatha e sua madre alla stazione. Era così raggiante, così felice, così bella. Ed era contentissima di vedermi. Che cosa ho fatto per meritarmi un amore simile? Sono tornato a casa con loro, e abbiamo pranzato insieme. Tutti i problemi sembrano essere stati spazzati via dalla mia vita in un momento. Ella mi dice che sembro pallido e preoccupato e malato. La cara bimba lo attribuisce alla mia solitudine e alle attenzioni sbrigative di una governante. Io prego che possa non sapere mai la verità! Possa la tenebra, se tenebra ci dev'essere, stare sempre nera attorno alla mia vita e lasciare la sua nella luce del sole. Sono appena tornato a casa, sentendomi un uomo nuovo. Con lei al mio fianco credo che potrei mostrare un viso audace di fronte a qualsiasi cosa la vita possa mandarmi.

5 P.M.

Ora, proviamo a essere accurati. Proviamo a dire esattamente ciò che è successo. È fresco nella mia mente, e posso buttarlo giù correttamente, sebbene è improbabile che verrà mai un tempo in cui dimenticherò i fatti di oggi.

Ero ritornato da casa dei Marden dopo pranzo, e stavo tagliando alcune sezioni microscopiche nel mio microtomo congelante,[7] quando in un istante ho perso conoscenza nella improvvisa odiosa maniera che di recente è diventata per me fin troppo familiare.

Quando i sensi mi sono tornati ero seduto in una piccola camera, molto diversa da quella in cui stavo lavorando. Era accogliente e luminosa, con divani ricoperti di chintz,[8] tendaggi colorati, e mille bei piccoli gingilli sulla parete. Un piccolo orologio ornamentale ticchettava davanti a me, e le lancette segnavano le tre e mezza. Era tutto piuttosto familiare per me, eppure mi sono guardato attorno per un momento in modo mezzo stordito finché gli occhi mi sono caduti su una foto cabinet[9] di me stesso in cima al pianoforte. Dall'altro lato ce n'era una della signora Marden. Al-

---

[7] Strumento con il quale vengono congelate e tagliate sezioni di campioni biologici, animali o vegetali, da analizzare al microscopio.

[8] Robusto tessuto di cotone, usato per l'arredamento e la tappezzeria.

[9] Una *cabinet photograph* o *cabinet card* era una tipologia di fotografia, sottile e montata su carta, molto utilizzata per i ritratti a partire dalla fine del XIX secolo.

lora, naturalmente, mi sono ricordato dov'ero. Era il boudoir di Agatha.

Ma come ero arrivato lì, e cosa volevo? Una stretta terribile mi è giunta al cuore. Ero stato mandato lì per qualche incarico diabolico? Quell'incarico era già stato adempiuto? Certamente doveva esserlo; altrimenti, perché mi sarebbe stato permesso di tornare cosciente? Oh, l'agonia di quel momento! Che cosa avevo fatto? Nella mia disperazione sono balzato in piedi, e mentre lo facevo una bottiglietta di vetro è caduta dalle mie ginocchia sul tappeto.

Era intatta, e l'ho raccolta. Fuori c'era scritto 'Acido solforico.[10] Fumante'. Quando ho estratto il tappo di vetro rotondo, un fumo denso si è sollevato lentamente, e un odore pungente e soffocante ha pervaso la stanza. L'ho riconosciuto come uno di quelli che tenevo nelle mie stanze per i test chimici. Ma perché avevo portato una bottiglia di vetriolo nella stanza di Agatha? Non era questo il liquido denso e maleodorante con cui era noto che le donne gelose deturpavano la bellezza delle loro rivali? Il mio cuore si è fermato mentre tenevo la bottiglia

[10] L'acido solforico è un acido molto forte, che può causare gravi ustioni in caso di contatto con la pelle.

alla luce. Grazie a Dio, era piena! Non era stato ancora commesso nessun crimine. Ma se Agatha fosse entrata un minuto prima, il parassita demoniaco dentro di me non avrebbe certamente gettato la sostanza sul suo…? Ah, è insopportabile pensarlo! Ma deve essere stato per quello. Altrimenti perché lo avrei portato? Al pensiero di ciò che avrei potuto fare i miei logori nervi si sono spezzati, e mi sono seduto tremante e fremente, un misero rottame di un uomo.

Sono stati il suono della voce di Agatha e il fruscio del suo vestito a farmi riprendere. Ho guardato in su, e ho visto i suoi occhi azzurri, così pieni di tenerezza e pietà, che guardavano giù verso di me.

«Dobbiamo portarvi in campagna, Austin» ha detto. «Avete bisogno di riposo e di tranquillità. Sembrate atrocemente malato.»

«Oh, non è niente!» ho detto io, cercando di sorridere. «È stata solo una debolezza passeggera. Ora sto di nuovo benissimo.»

«Mi dispiace molto di avervi fatto aspettare. Povero ragazzo, dovete essere rimasto qui un'intera mezz'ora! Il parroco era nel salotto, e, sapendo che non vi va a genio, ho ritenuto fosse meglio che Jane v'introducesse qui. Pensavo che quell'uomo non se ne andasse mai!»

«Grazie a Dio è rimasto! Grazie a Dio è rimasto!»
ho gridato istericamente.

«Suvvia, che vi succede, Austin?» ha chiesto lei,
tenendomi un braccio mentre mi alzavo barcollando
dalla sedia. «Perché siete felice che il parroco sia rimasto? E che cos'è quella bottiglietta nella vostra mano?»

«Niente» ho esclamato, ficcandomela in tasca.
«Ma devo andare. Ho qualcosa di importante da
fare.»

«Quanto sembrate inflessibile, Austin! Non ho
mai visto così il vostro viso. Siete in collera?»

«Sì, sono in collera.»

«Ma non con me?»

«No, no, mia adorata! Voi non capireste.»

«Ma non mi avete detto perché siete venuto.»

«Sono venuto a chiedervi se mi amereste per sempre… non importa cosa io faccia, o che ombra possa
cadere sul mio nome. Credereste in me e vi fidereste
di me per quanto le cupe apparenze possano essere
contro di me?»

«Sapete che lo farei, Austin.»

«Sì, so che lo fareste. Ciò che faccio lo farò per voi.
Sono costretto. Non c'è un'altra via d'uscita, mia adorata!» l'ho baciata e sono corso fuori dalla stanza.

Il tempo per l'indecisione era scaduto. Finché la creatura minacciava le mie prospettive e il mio onore ci poteva essere un dubbio su ciò che avrei dovuto fare. Ma ora, ora che Agatha – la mia innocente Agatha – era a rischio, il mio dovere stava dinanzi a me come un percorso obbligato. Non avevo armi, ma non ho esitato mai per quello. Di che arma avrei dovuto aver bisogno, dal momento che sentivo ogni muscolo fremere con la forza di un uomo in delirio? Correvo per le strade, così concentrato su quello che dovevo fare che ero solo vagamente consapevole dei visi degli amici che incontravo… vagamente consapevole anche che il professor Wilson mi ha incrociato, correndo nell'opposta direzione con uguale precipitazione. Senza fiato ma risoluto ho raggiunto la casa e ho suonato il campanello. Una cameriera dalle gote bianche ha aperto la porta, ed è diventata ancora più bianca quando ha visto il viso che la guardava.

«Presentatemi all'istante a Miss Penclosa» ho preteso.

«Signore» ha rantolato lei, «Miss Penclosa è morta oggi pomeriggio alle tre e mezza!»

FINE

TAVOLE
(Prima edizione del 1894)

INDICE

Nella collana *I Classici Ritrovati*, diretta da Enrico De Luca, sono proposti classici, più o meno noti, della Letteratura Universale in edizioni la cui caratteristica principale risiede nella cura con la quale sono stati confezionati i testi, sempre rigorosamente integrali e corredati da apparati di note che ne consentono una migliore e più profonda comprensione. Solo così, infatti, è possibile ritrovare quel piacere che scaturisce da una lettura rispettosa di opere letterarie senza tempo, che ci parlano in una lingua e con uno stile diversi da quelli contemporanei, ma che sanno trasmetterci emozioni, consigli e godimento estetico come nessun altro libro è in grado di fare.

I Classici Ritrovati

1. Charles Dickens IL GRILLO DEL FOCOLARE
2. Charles Dickens A CHRISTMAS CAROL
3. Edmondo De Amicis L'ULTIMO AMICO
4. Jean Webster PAPÀ GAMBALUNGA
5. Lucy M. Montgomery LA STANZA ROSSA E ALTRE STORIE DI FANTASMI
6. Jerome K. Jerome RACCONTATI DOPO CENA
7. Lucy M. Montgomery KILMENY DEL FRUTTETO
8. Arthur Conan Doyle IL PARASSITA
9. Frances Hodgson Burnett NELLA STANZA CHIUSA
10. Henry James L'ALLIEVO (in preparazione)
11. Jean Webster CARO NEMICO (in preparazione)

9 788883 145067